Das Geheimnis des gelben Vogels

Traudi Reich

Das Geheimnis des gelben Vogels

Mit Illustrationen von Arik Brauer

Ein Verlag der Donauland-Gruppe im Hause Bertelsmann

ISBN 3-218-00671-6
Copyright © 1999 by Verlag Kremayr & Scheriau, Wien
Alle Rechte vorbehalten
Einbandgestaltung: Kurt Rendl
unter Verwendung eines Gemäldes von Arik Brauer
Satz: Zehetner Ges. m. b. H., A-2105 Oberrohrbach
Repros: Repro Wohlmuth, Wien
Druck und Bindung: Mladinska knjiga Tiskarna, Ljubljana

Gesetzt nach den Regeln der neuen deutschen Rechtschreibung

Inhalt

Das Geheimnis des gelben Vogels 7

Fey und die Silberkinder 43

Schuschila 63

Das Geheimnis des gelben Vogels

*E*s war einmal ein kleines Mädchen, das hieß Fey. Und das klingt auf Deutsch wie Fee. Fey wohnte in Straßburg in einer sehr hübschen Wohnung am Rande der Stadt und war ein lustiges Kind, das alle so richtig lieb hatten.

Eines Tages kam ihr Onkel Emil zu Besuch.

Onkel Emil war kein alltäglicher Besuch. Nein, das war er wirklich nicht. Er war ein fröhlicher, ja manchmal sogar übermütiger Mann mittleren Alters – Fey schien er nicht halb so alt wie ihre Lehrerin, obwohl diese doch um vieles jünger war! So ist das eben. Die heiteren Menschen scheinen immer jünger zu sein als die ernsten.

Onkel Emil war also ein rarer Gast. Er tauchte zwar nie ganz unvermutet auf, aber lange Ankündigungen mochte er nicht. Wo immer jedoch Kinder waren, da fühlte er sich wohl, und alle Kinder liebten ihn.

Für Fey war er etwas Besonderes, weil Fey außer ihrem

Vater wenige erwachsene Männer kannte, die sich so wie Onkel Emil mit ihr unterhielten und nicht nur mit den Erwachsenen. Ja, da war noch der Nonno in Italien – von ihr nie Großvater genannt –, der war auch etwas Besonderes, aber sonst schon niemand. Bei Onkel Emil hatte Fey das Gefühl, er sei nur zu ihr auf Besuch gekommen, und ich glaube, so war es auch.

Da war etwas Geheimnisvolles um Onkel Emil, denn wenn sie ihre Mama fragte, wo er denn wohne, sagte sie immer: „Also, wo er jetzt gerade wohnt, weiß ich nicht, aber meistens wohnt er in England." „Komisch", dachte Fey, „wie kann man denn irgendwo ‚meistens' wohnen? Man wohnte an einem Platz und dann ging man dahin oder dorthin auf Besuch, auf Urlaub oder so."

„So wie Onkel Emil zu leben, das wäre fein", sagte ihr Vater oft und ihre Mutter nickte dazu.

Aber wie lebte Onkel Emil denn?

In Wahrheit war Onkel Emil gar kein richtiger Onkel, sondern ein guter Freund ihres Vaters, aber um etliches älter als dieser. Onkel Emil galt als Glückspilz, denn er hatte in sehr jungen Jahren eine Erfindung gemacht, die er für so viel Geld an eine Firma verkaufen konnte, dass er danach nie wieder arbeiten musste, um Geld zu verdienen.

Er sagte immer, dass es ganz einfach sei, Erfindungen zu machen, man müsse nur die Augen offen halten und etwas Fantasie haben!

Das hatte Fey einmal gehört und hatte es nicht vergessen.

„Fey", sagte Onkel Emil nach der stürmischen Begrüßung zu ihr und sah sie lange an, „bist du vielleicht eine Fee?" Fey wusste nicht so genau, was eine Fee war, und so sagte sie nur: „Vielleicht!" Onkel Emil lachte und meinte, man könne nicht lernen eine Fee zu sein, aber wenn man eine war, dann wusste man das. Da wurde Fey sehr neugierig und fragte: „Onkel Emil, muss eine Fee nicht zaubern können? Und muss sie nicht auch plötzlich verschwinden können? Und muss sie nicht auch einen Zauberstab haben?" Da wusste Onkel Emil sofort, dass Fey schon viele Märchen gehört hatte, in denen Feen vorkamen.

„Ja, ja", sagte er, „das ist alles wahr, aber irgendwann, stelle ich mir vor, muss eine Fee, wenn sie noch ganz klein ist, alle diese seltsamen Dinge doch lernen, zaubern und unsichtbar werden und alles andere. Oder können das Feen schon als Babys?"

Fey wusste das nicht, aber es fiel ihr ganz plötzlich ein, dass sie ja jemanden hatte, der ihr das sagen konnte!

„Warte einen Moment bitte, Onkel Emil, ich muss schnell telefonieren!"

Und damit lief sie auch schon zum Telefon. „Wen", dachte Onkel Emil, „kann sie denn da anrufen?" Fey tippte und tippte viele Nummern und da wusste Onkel Emil, dass Fey mit dem Ausland telefonierte. Das konnte nur Feys Großmutter, die Nonna in Italien sein. Ob das Feys Mama erlaubte? Dann hörte er plötzlich, wie Fey sagte: „Hallo, Nonna, hier spricht Fey! Kannst du dein Zauberauge fragen, ob Feen schon als Babys zaubern können? Der Onkel Emil möchte das nämlich wissen. Nonna, bist du noch da? Was sagst du? Feen können schon als Babys zaubern? Was? Ach so, manchmal wissen sie noch nicht, dass sie es können! Danke, Nonna, das ist sehr lieb von dir! Fein, mir geht es gut, der Onkel Emil ist bei mir. Die Mama ist einkaufen gegangen. Ja, ich werde es ihm sagen! Ciao, Nonna!"

Onkel Emil sah sie streng an und sagte: „Darfst du denn so ganz allein, ohne die Mama zu fragen, telefonieren?" Fey sagte schnell: „Ich tue es ja nicht oft, nur manchmal, da muss ich die Nonna anrufen, denn sie hat doch ein Zauberauge, das alles weiß!" Nach einer Pause ergänzte sie: „Onkel Emil, die Mama weiß noch nicht, dass ich mir die Nummer von der Nonna gemerkt habe!"

„So, so", sagte Onkel Emil, der Feys Nonna natürlich gut kannte, aber nichts von ihrem Zauberauge wusste.

„Das Zauberauge von der Nonna", sagte Fey, „weiß, wo ein Schatz im Wald vergraben ist, es weiß, ob es regnen wird, und es weiß, wo ich suchen muss, wenn ich etwas verloren habe."

„Unglaublich", meinte Onkel Emil überrascht, „aber da weiß sie doch auch, ob du eine Fee bist?"

Darauf sagte Fey: „Manchmal sagt das Zauberauge gar nichts, es antwortet einfach nicht, verstehst du? Manchmal sagt es auch: ‚Solche Fragen mag ich nicht.'"

Onkel Emil kam aus dem Wundern nicht heraus. War die

Nonna vielleicht selber eine Fee oder eine Hexe? Eine gute Hexe natürlich! Ja, von Hexen hatte Fey auch schon viel gehört, auch dass es gute Hexen gab!

Feys Mama, die längst schon, ohne dass es Fey und Onkel Emil bemerkt hatten, vom Einkaufen zurückgekommen war, rief aus der Küche: „Wer will einen Tee?" Da das Wort Tee am Nachmittag auch Kuchen oder Kekse bedeutete, rief Fey ganz laut: „Ich!"
Beim Tee redete Onkel Emil nicht sehr viel. Aber nach dem Tee sagte er zu Fey: „Was sagen Sie, mein Fräulein, zu einem kleinen Spaziergang?"
Fey liebte es, wenn man sie mit „Fräulein" anredete! Auch ihre Nonna tat das manchmal, wenn sie aus einer ernsten Sache einen Spaß machen wollte. Zum Beispiel: „Also wissen Sie, Fräulein Fey, in Ihrem Alter kann man doch so dumme Sachen nicht mehr machen!"
Das wirkte immer Wunder.
Onkel Emil hatte es auch so gesagt, dabei hatte er aber auch mit einem Auge zu Feys Mama geblickt, um zu sehen, ob ihr das auch recht war. Statt zu antworten, sprangen Fey und ihre Mutter auf und liefen ins Vorzimmer, um Feys Mantel zu holen. Feys Mutter sagte noch: „Sei schön brav und lauf nicht auf die Straße! Vielleicht zeigst du Onkel Emil die Orangerie?" Fey nahm Onkel Emils Hand und die beiden liefen die Treppe hinunter, so als wäre auch Onkel Emil noch ein Kind.

Onkel Emil wollte wissen, wo denn die Orangerie sei. Da sagte Fey schnell: „Weißt du, die ist sehr weit weg, wenn man zu Fuß gehen muss! Gehen wir doch lieber woanders hin!"

Fey war nämlich die Orangerie schon ein bisschen langweilig geworden. Es gab dort zwar außer vielen Pflanzen ganz wie in einem Zoo alle möglichen Tiere zu sehen, aber die kannte Fey jetzt schon alle. Und außerdem kannte Fey einen anderen Platz, zu dem sie immer wieder gehen wollte, weil es dort etwas ganz Geheimnisvolles gab.

„Hast du einen besseren Vorschlag, Fey?", fragte Onkel Emil, und Fey nickte heftig und sagte: „Gehen wir zum Hexenhaus!"

„Wo gibt es denn hier ein Hexenhaus?", wollte Onkel Emil wissen, und Fey sagte: „Komm, ich zeig es dir!" Und sie zog ihn auf die andere Straßenseite und dann gingen sie an einer Gärtnerei vorbei und um ein paar Häuserecken herum. „Da ist es", sagte Fey und zeigte auf ein Gartentor. Links und rechts von dem Gittertor ragte eine hohe Mauer empor, sodass man nur durch das Tor in den Garten sehen konnte. Eigentlich sah man das Haus, das weit hinten im Garten lag, kaum, denn alles war wild verwachsen. Aus dem Kiesweg, der vom Tor zum Haus führte, wuchs meterhohes Unkraut, aber auch hübsche Blumen gab es, Glockenblumen und Margeriten, und über die Mauer hinaus ragten Obstbäume und auch ein paar Tannen.

„Wieso weißt du, dass das ein Hexenhaus ist?", fragte

Onkel Emil, aber Fey sagte nur, während sie durch das Gittertor starrte: „Ich weiß es ganz genau."

„Meinst du, dass eine wirkliche Hexe darin wohnt?", wollte Onkel Emil wissen, und Fey sagte zögernd: „Ich glaube schon. Aber sonst wohnt niemand drin. Man sieht nie jemanden hier. Wenn nun aber doch jemand da wohnt, dann muss es doch jemand sein, der sich unsichtbar macht! Nicht wahr, Onkel Emil?"

Das war Logik, gegen die man nichts einwenden konnte. Onkel Emil lächelte und sagte: „Vielleicht hast du Recht!"

„Sollen wir probieren das Tor aufzumachen?", fragte Fey, aber Onkel Emil meinte, dass man in ein Privatgrundstück doch nicht so einfach hineingehen könne.

„Komm, ich zeige dir etwas, da wirst du staunen! Da wirst du auch gleich glauben, dass da eine Hexe drin wohnt!" Fey zerrte an Onkel Emils Hand und ging mit ihm um die Ecke. Von hier sah man, wie groß das Grundstück wirklich war, denn die Gartenmauer war so lang, dass man den Eindruck hatte, sie höre nie auf. Sie gingen die Mauer entlang und plötzlich kamen sie zu einer Stelle, an der mehrere Steine aus der Mauer gebrochen waren, sodass man durch das Loch zum Haus sehen konnte, das jetzt nicht weit weg stand.

Onkel Emil war verblüfft. Denn jetzt sah er, wie wunderschön dieses Haus war. Es hatte Erker, eckige und runde, einige Fensterscheiben waren bemalt und trotz des Schmutzes von Jahren sah man, wie wunderschön die Farben waren. Es gab auch halbrunde Fenster und lange, schmale, aber bei vielen fehlte das Glas. Nur ein Zimmer im ersten Stock oberhalb des Seiteneingangs schien noch ganz in Ordnung, und genau dorthin zeigte Fey. „Dort oben", flüsterte sie, so als wollte sie, dass es niemand hörte, „dort wohnt der gelbe Vogel!"

Onkel Emil blickte angestrengt auf die Fenster, doch er sah keinen gelben Vogel. „Aber du hast doch gesagt, dass niemand in dem Haus wohnt", sagte Onkel Emil und sah Fey verwundert an. Fey meinte: „Ich habe ja nur gemeint, dass keine Menschen hier wohnen. Aber das ist doch ein Vogel!"

„Also zeig mir noch einmal, wo du diesen Vogel siehst", sagte Onkel Emil, und Fey deutete mit dem Finger auf ein Fenster im ersten Stock. „Dort", flüsterte sie. Es war ein Fenster mit grauen, halb zurückgezogenen Gardinen. Kein anderes Fenster hatte Gardinen, und das machte dieses Fenster besonders geheimnisvoll. Wenn man längere Zeit genau hinsah, dann war da wirklich etwas Gelbes. Etwas Gelbes, das so aussah, als säße es in einem Käfig. Aber wie konnte das sein, dachte Onkel Emil. In einem leeren Haus kann doch kein Vogel in einem Käfig sitzen! Der würde ja verhungern! Doch da war noch etwas. Das oberste Glas in dem Fenster war an einer Stelle zerbrochen, gerade so, als hätte es jemand mit einem Stein eingeschlagen.

„Sch, sch", flüsterte Fey, „horch einmal." Onkel Emil horchte. Ganz leise, aber immer lauter werdend sang da ein

Vogel. „Ich muss verrückt sein", dachte Onkel Emil, „vielleicht hat mich die Fee Fey verhext, aber ich höre einen Vogel singen."

Und ein Vogel sang. Er zwitscherte genauso wie der Kanarienvogel, den Onkel Emil als Kind gehabt hatte. Fey blickte wie gebannt zu dem Fenster. Auf ihrem Gesicht sah Onkel Emil jetzt ein so glückliches Lächeln, wie er es noch nie bei einem Kind gesehen hatte. Aber auch er selbst hatte das Gefühl, als geschähe etwas besonders Wunderbares und Schönes, obwohl es doch nur das Zwitschern eines Vogels war! Nur? Kann denn das Zwitschern eines Vogels so viel Glück bedeuten? Jedenfalls kroch Onkel Emil ohne zu zögern durch das Loch in der Mauer und half Fey, ihm nachzusteigen.

Fey wunderte sich, denn Onkel Emil hatte doch vorher nicht einmal probieren wollen, ob man das Tor öffnen konnte. Bei Erwachsenen erlebte man immer neue Überraschungen. Sie war aber so glücklich und aufgeregt, dass sie fest Onkel Emils Hand drückte, als er näher an das Haus heranging. Der Vogel sang noch immer, und jetzt schien es, als wollte er sie rufen – es klang wie ein Hilfeschrei!

Unter dem Fenster war eine Türe. Eine grüne Türe, deren Farbe schon an vielen Stellen abgeblättert war. „Probier doch sie zu öffnen, Onkel Emil", sagte Fey, und weil Onkel Emil zu langsam war, drückte Fey selbst die schwere Klinke hinunter. Mit einem unheimlichen Knarren ging die Türe auf.

Onkel Emil und Fey sahen einander stumm an. Drinnen war alles finster. Jetzt, wo die Türe etwas offen stand, fiel ein schwacher Lichtstrahl in einen Korridor, von dem mehrere geschlossene Türen irgendwohin führten. Im Hintergrund sah man eine Treppe zum ersten Stock. Onkel Emil öffnete nun die Eingangstüre ganz, so konnte man besser sehen. Aber was die beiden sahen, war eine traurige Sache. „Früher einmal müssen hier fröhliche Menschen gewohnt haben", dachte Onkel Emil, denn die Wände waren mit einer geblümten Tapete tapeziert, die sehr schön gewesen sein musste. Jetzt allerdings hing sie in großen Fetzen herunter. „Wie traurig sind doch so alte Häuser", dachte Onkel Emil, „wenn niemand mehr weiß, wie schön es darin einmal war!"

Fey schien nicht besonders traurig über die Hässlichkeit dieses Korridors zu sein. Sie wollte nur zur Treppe und hinauf und in das Zimmer, in dem der gelbe Vogel war. Deshalb zog sie Onkel Emil ungestüm an der Hand und flüsterte: „Komm doch schon, Onkel Emil, gehen wir doch hinauf!"

Onkel Emil aber zögerte. Eigentlich fühlte er sich nicht so wohl in diesem Haus. Immerhin gehörte es ja noch irgendjemandem. Konnte man denn einfach so in den ersten Stock hinaufgehen? „Na ja, jetzt sind wir schon so weit", dachte Onkel Emil, und so ließ er sich von Fey zur Treppe ziehen. Schon der erste Schritt auf die erste Stufe zeigte, dass die Treppe nicht sicher war. Sie knarrte, und obwohl sie nicht schwankte, dachte Onkel Emil, dass es besser wäre, Fey noch nicht mitgehen zu lassen: „Horch zu, mein Kleines", sagte er, „diese Treppe ist schon so morsch, dass sie jeden Moment einstürzen kann. Du bleibst jetzt einmal hier und wartest, bis ich oben bin. Aber stell dich bloß nicht unter die Treppe, sonst falle ich am Ende mit der Treppe auf dich drauf!"

Fey gefiel dieser Vorschlag gar nicht, aber das Knarren hatte auch sie erschreckt.

„Horch zu", sagte Onkel Emil, „ich laufe ganz schnell hinauf, und wenn ich oben bin, dann kommst du ganz schnell nachgelaufen. Gut?"

Fey nickte. Sie hatte keine Angst. Allerdings kann sich ein Kind ja gefährliche Dinge oft nicht vorstellen, wenn es sie noch nie erlebt hat.

Onkel Emil lief also nach oben, und zwar so schnell, dass die alte Treppe gar keine Zeit hatte zusammenzubrechen. Dann war Fey an der Reihe. Da geschah auch nichts. Die Treppe knarrte nicht einmal, es war so, als wäre niemand hinaufgegangen.

Onkel Emil ging nun vorsichtig von der Treppe weg zu einem Fenster, das in den Garten sah. Neben diesem Fenster war eine weiße Türe. „Hier muss es sein", flüsterte Onkel Emil und öffnete sie. Aber was er nun sah, erschreckte ihn so sehr, dass er entsetzt zurückwich. Vor ihm lag ein richtiger Abgrund. Der Fußboden des Zimmers war eingestürzt und vor ihnen gähnte ein riesiges Loch. Im unteren

Stockwerk, dort, wo der Fußboden hingestürzt war, lagen Stühle, ein Tisch und noch andere Einrichtungsgegenstände kunterbunt durcheinander, Bretter und Mörtel und noch so einiges, das man nicht erkennen konnte. Fey blickte hinunter und dann zu Onkel Emil. Die Frage, die sich beide stellten, die aber keiner aussprach, war: Wo ist der Käfig? Und wo ist der gelbe Vogel?

Onkel Emil und Fey drehten sich um und liefen schnell wieder die Treppe hinunter. Zuerst Fey, die es auf einmal gar nicht erwarten konnte, wieder aus dem Haus zu kommen. Onkel Emil ging hinter ihr, und als er die letzte Stufe

erreicht hatte, ertönte ein schreckliches Ächzen und Knirschen und die Treppe brach zusammen. Onkel Emil hatte sich gerade noch gerettet. „Da haben wir aber Glück gehabt", sagte er sehr erleichtert, „stell dir einmal vor, die Treppe wäre zusammengebrochen, als wir noch oben waren, da hätten wir ja gar nicht mehr zurückkönnen!"

Fey aber hörte gar nicht hin, denn sie war wieder zu dem Platz im Garten zurückgelaufen, von wo aus sie den gelben Vogel gesehen hatte. Und sie starrte hinauf zum Fenster mit den grauen Gardinen. Wie war denn so etwas möglich? Jetzt konnte sie wieder alles sehen: den Käfig und den gelben Vogel! Auch Onkel Emil konnte das sehen. Plötzlich fiel Onkel Emil etwas ein, und er schlug sich mit der flachen Hand auf die Stirn wie einer, der sich sagt: Ich Dummkopf! Vielleicht waren der Käfig und der Vogel auf das Fenster gemalt! Als er Fey diese Idee erklärte, meinte sie: „Aber gemalte Vögel können doch nicht singen!"

Gerade in diesem Moment hörten sie das Singen wieder. Es klang so wie vorher. Das gleiche Zwitschern und wieder so etwas wie ein Hilferuf: „Helft mir bitte! Ich will heraus!"

Wisst ihr, wie das ist, wenn die Vögel einander rufen? Habt ihr schon einmal genau zugehört? Klingt es nicht manchmal fröhlich und manchmal traurig? Die Menschen hören ja gar nicht zu, wenn die Tiere miteinander reden! Ein Hund bellt eben, eine Katze miaut und Vögel singen. Basta. So ist es und es hat keinen Zweck, sich darüber Gedanken zu machen. Da kommt sowieso nichts dabei heraus. Aber

Kinder sind anders: Sie hören nicht nur mit dem Ohr, sondern auch mit dem Herzen.

Deshalb sah Fey Onkel Emil mit bittenden Augen an und sagte: „So hilf ihm doch, Onkel Emil, lass ihn doch heraus!"

Onkel Emil war verzweifelt. Was sollte er tun? Er konnte doch nicht einen Vogel retten, den es gar nicht gab! Sicher bildete er sich wie Fey nur ein, dass da ein Vogel rief. Aber wieso? Er war doch sonst keiner, der sich so leicht von etwas überzeugen ließ!

Dann dachte Onkel Emil, dass in diesem Haus vielleicht wirklich einmal ein Vogel in einem Käfig gelebt hatte, und vielleicht lag der Käfig jetzt unter den Trümmern im Erdgeschoss. Aber dann – ja was war dann? Einen Vogel konnte es doch nicht dort geben – nach so vielen Jahren! Und das Haus, das sah man ja, war schon mindestens zehn, wenn nicht zwanzig Jahre lang unbewohnt. So lange konnte ein Vogel doch nicht überleben! Nein, das war unmöglich. Trotzdem sagte Onkel Emil plötzlich: „Warte hier, Fey, ich gehe einmal in dieses untere Zimmer und sehe noch nach, ob sich dort nicht ein Vogel gefangen hat! Du kannst versuchen beim Fenster hineinzuschauen." Fey war das recht – sie war so sicher, dass da drin irgendwo der gelbe Vogel saß, den sie oben am Fenster gesehen hatten. Er musste dort sein, denn sie wünschte es sich so sehr!

Onkel Emil versuchte inzwischen im Erdgeschoss die Türe aufzumachen, die in das Zimmer führte, dessen Decke eingestürzt war. Aber das war nicht einfach, weil so viel Schutt und so viele Bretter beim Einsturz vor die Türe gefallen waren. Schließlich aber gelang es Onkel Emil, sich durch einen Spalt in der Türe zu zwängen und ins Zimmer zu schlüpfen.

Gott, war da ein Durcheinander! Es sah schrecklich aus. Onkel Emil blickte zum Fenster und sah, wie sich Fey die Nase an der Fensterscheibe platt drückte.

Soviel Onkel Emil aber suchte, er konnte keinen Vogelkäfig finden und von dem gelben Vogel war keine Spur. Das Singen war auch nicht zu hören.

Onkel Emil kroch mühsam zum Fenster, an dem Fey stand, und öffnete es. Das war nicht sehr schwierig, denn der Fenstergriff war noch ganz in Ordnung und mit etwas Mühe konnte man auf dem Schutt stehen. Jetzt konnte Fey hereinsehen in dieses schreckliche Durcheinander. Hereinsteigen ließ Onkel Emil sie aber nicht, denn es konnten ja noch immer Mauerteile herunterfallen. „Ich kann nichts finden, Fey", sagte Onkel Emil. „Ich kann mir nicht vorstellen, wo der Vogel sein könnte!" In diesem Augenblick piepste etwas kläglich und Fey schrie ganz aufgeregt: „Hinter dir, Onkel Emil, auf dem Schrank neben dem kleinen Fenster!" Und wirklich, im äußersten Eck des Zimmers, dort, wo Bretter in die Luft ragten und Balken quer lagen, da kam ein Geräusch her. Onkel Emil hatte Mühe, dorthin zu gelangen, ohne sich die Beine zu brechen. Tatsächlich, auf dem Schrank stand ein Käfig. Aber die Käfigtüre war offen und der obere Flügel des kleinen Fensters daneben, das auf die andere Seite des Gartens führte, auch. Im Käfig saß ein kleiner gelber Vogel. Er saß ganz still, so als wäre er wirklich hingemalt, aber an dem leichten Zittern seiner Flügel sah man, dass er lebte.

Onkel Emil bedeutete Fey, sie solle um das Haus herum zum Fenster auf der anderen Seite gehen. Er wollte nicht sprechen, damit der Vogel nicht erschrak. Bald sah Onkel Emil wieder eine platt gedrückte kleine Nase, diesmal an der Scheibe des anderen Fensters. Es war sehr schmutzig. Fey putzte etwas an der Scheibe herum, um besser sehen zu können. Jetzt sah sie den Käfig und den Vogel. Es war also doch ein lebendiger Vogel, ein Vogel, der hier wohnte und ein und aus flog. Ein Vogel, wie ihn weder Onkel Emil noch Fey je gesehen hatten. Er war gelb, so gelb wie ein Eidotter, nur am Kopf hatte er ein blitzblaues Schöpfchen. Das war ganz reizend. Jetzt zirpte er fröhlich. Von einem Hilferuf konnte keine Rede mehr sein.

Onkel Emil kletterte über den Schutt zum anderen Fenster hin, machte es zu und ging durch die Türe, die er hinter sich zuschloss, wieder ins Freie. Als er auf die andere Seite des Hauses gelangte, stand Fey noch immer am Fenster und starrte hinein.

„Es ist ein ganz seltener Vogel, Fey, einer, den ich noch in keinem Tierbuch oder Zoo gesehen habe. Er muss hier wohnen und fliegt durch die Fensterluke ein und aus. Im Käfig fühlt er sich wahrscheinlich sicher."

Fey sagte nur: „Er singt wunderschön und jetzt ist er ganz zufrieden."

„Vielleicht wollte der Vogel nur, dass ihn einmal jemand findet, jemand, der ihm vielleicht im Winter Futter bringt, wenn draußen alles verschneit ist?"

„Kommt jetzt bald der Winter, Onkel Emil?", fragte Fey, und Onkel Emil nickte: „Ja, jetzt dauert es nicht mehr lange. Wenn das Wetter anfängt kalt zu werden und der Boden zufriert, musst du ihm Vogelfutter bringen. Das bekommt man ja überall zu kaufen. Und kleine Stückchen Speck brauchen die Vögel auch im Winter, das musst du dir merken!"

Fey wollte wissen, wie der Vogel hieß, nicht den Namen, den man für ihn in Naturgeschichtsbüchern fand, sondern seinen Vornamen, bei dem man ihn rufen konnte. Aber das wusste Onkel Emil sowenig, wie er wusste, woher der seltsame Vogel kam.

Auf einmal hüpfte der Vogel im Zimmer auf das Fensterbrett und flog mit ein paar Flügelschlägen nach oben bis zur Luke. Er sah auf Fey und Onkel Emil herunter, als wolle er sie begrüßen, und dann flog er über ihre Köpfe davon zum Wald hin. Dort verschwand er zwischen den Bäumen.

Onkel Emil sah auf die Uhr. Es war spät geworden. Wer weiß, wann der gelbe Vogel wieder zum Haus zurückkehren würde?

Onkel Emil nahm Fey an der Hand, und sie gingen um das Haus wieder herum und stiegen durch das Loch in der Mauer. Keiner sprach auch nur ein Wort. Auf einmal waren sie wieder auf der Straße und alles schien plötzlich so anders. Fey drehte sich um, als wolle sie wieder zurück, als habe sie etwas vergessen. Nach ein paar Minuten, die sie ohne zu reden nebeneinander gegangen waren, sagte Fey: „Onkel Emil, wieso haben wir den Käfig und den gelben Vogel auf der einen Seite gesehen, wo er doch gar nicht war?"

„Ja", dachte Onkel Emil, „das war wirklich sonderbar und geheimnisvoll. Auf der Seite, wo er und Fey den Käfig und den Vogel zuerst im ersten Stock gesehen hatten, war ja gar nichts, denn dort war der Fußboden eingestürzt, und alles, was dort einmal gewesen war, lag einen Stock tiefer. Sie hatten also etwas gesehen, was man gar nicht sehen konnte."

„Ich glaube, du bist wirklich eine Fee und hast das dorthin gezaubert, oder es gibt in dem Haus wirklich eine Hexe, die man zwar nicht sehen kann, die aber solche Dinge herzaubern kann, wie einen Vogelkäfig samt Vogel!"

Fey lachte, aber so ganz lustig klang ihr Lachen nicht, es war auch ein wenig Angst dabei. Die Hexe, wenn es da drin eine gab, hätte ja auch sie beide verzaubern können! Als Onkel Emil mit Fey zu Hause ankam, war Feys Mama schon etwas besorgt. Sie waren lange fort gewesen und es war schon fast dunkel. In dem Hexenhaus war die Zeit so rasch vergangen.

Feys Mama wollte wissen, ob es in der Orangerie schön gewesen war, und Fey sagte gleich: „Wir waren gar nicht dort! Wir waren beim Hexenhaus!"

„Wirklich?", sagte Feys Mama, „aber das ist ja gleich in der Nähe! Wieso wart ihr dann so lange fort?"

Gerade als Fey ihr alles erklären wollte, sagte ihre Mama: „Es ist besser, wir reden beim Abendessen darüber, sonst verdirbt mir ja der Braten!"

Feys Papa war inzwischen auch vom Büro nach Hause gekommen und begrüßte Onkel Emil sehr herzlich, denn er hatte ihn lange nicht gesehen. „Wie geht es dir, alter Knabe?", sagte er und drückte ihm fest die Hand. „Ich höre, du hast Fey ausgeführt! Na, ich hoffe, sie war brav und hat sich gut benommen! Wo wart ihr denn, ihr beiden?"

„Beim Hexenhaus", rief Fey aufgeregt, „aber du warst ja noch nie dort! Die Mama kennt es, und ich habe es Onkel Emil gezeigt!"

Feys Papa sah Onkel Emil an und sagte lächelnd: „Dieses Kind hat eine blühende Fantasie! Überall sieht sie Feen, Zwerge und Hexen! Etwas verrückt, unsere Kleine, nicht wahr?" Und er strich Fey liebevoll über die Haare.

„Na ja", sagte Onkel Emil, „so verrückt ist sie nicht, oder man könnte auch sagen, ich bin genauso verrückt wie sie!"

Beim Essen erzählte Onkel Emil die Geschichte von ihrem seltsamen Besuch beim Hexenhaus. Onkel Emil war ein wunderbarer Erzähler, und Fey kam es vor, als würde sie das Abenteuer noch einmal erleben. Hie und da unterbrach sie ihn und sagte: „Ja, genau so war es", oder: „Siehst du, Mama, ich habe dir ja gesagt, dass das Haus ein zaubriges Haus ist!"

Feys Papa und Mama schwiegen eine Weile, nachdem die Erzählung zu Ende war. Dann sagte Feys Mama: „Das war aber schon eine riskante Sache mit der Treppe!" Und sie schüttelte den Kopf, als wollte sie noch hinzufügen, dass man kleine Mädchen Onkel Emil nicht anvertrauen konnte. Aber sie sagte es nicht. Schließlich war ja alles gut ausgegangen.

Was Onkel Emil da erzählt hatte, war sehr eigenartig gewesen. Und der gelbe Vogel? Hatten die beiden ihn wirklich gesehen oder hatten sie sich das nur eingebildet? Aber nein, das konnte nicht sein. Was konnte das nur für ein Vogel sein?

Feys Papa holte eine Leiter und stieg zum obersten Teil des Bücherregals hinauf. Von dort holte er ein großes, dickes Buch, in dem es nur so von Vögeln wimmelte!

Aber wie sollte man diesen Vogel finden? War es eine Art Papagei? Oder ein anderer Vogel aus den Tropen, aus Afrika oder Südamerika? Gelbe Vögel gab es viele: Kanarienvögel, Sittiche, einige Papageien, das Goldhähnchen, einen Pirol, einen Zitronenfink, aber keinen, der ein blaues Schöpfchen hatte! Die Webervögel aus Afrika vielleicht? Immer öfter sah Feys Vater zweifelnd zu Fey und Onkel Emil. Hatten sich die beiden die Geschichte ausgedacht? So sahen sie aber gar nicht aus.

„Wir können ja vielleicht morgen gemeinsam hingehen", meinte Onkel Emil. „Ich würde euch gerne diesen Vogel zeigen." Dann fügte er hinzu: „Und Fey natürlich auch – schließlich hat sie ja den Vogel entdeckt!"

Fey kam sich sehr wichtig vor. Fey, die Entdeckerin eines neuartigen Vogels, den man in keinem Buch finden konnte! Wie klang das?

„Morgen kann ich nicht", sagte Feys Vater, „aber übermorgen ist Samstag, da habe ich frei. Das möchte ich mir ansehen! Glaubst du, Emil, dass wir diesen Vogel auch dort sehen können, wo er gar nicht ist? Und dann dort, wo er wirklich ist? So wie ihr?"

Onkel Emil zögerte mit der Antwort: „Wenn er da ist, wirst du ihn sehen. Das ist sicher. Ob du ihn aber dort sehen kannst, wo er gar nicht war, das weiß ich nicht. Ich würde selbst gerne wissen, ob Fey und ich ihn dort wieder sehen würden, wenn wir noch einmal hingingen! Da bin ich nämlich nicht so sicher."

Onkel Emil wurde nachdenklich und immer nachdenklicher. „Ja", sagte er dann, „das würde mich wirklich interessieren!"

Fey begann alles im Kopf herumzuwirbeln. Der gelbe Vogel einmal an dem einen Fenster, dann an dem anderen, der Käfig da und dort, die zusammengebrochene Treppe, der Wirrwarr in dem Zimmer, in das die Decke heruntergebrochen war … Deshalb sagte Fey gar nichts, aber sie dachte angestrengt darüber nach, wie denn das alles gewesen war.

Nach dem Abendessen brachte Feys Mama Fey zu Bett und war ganz verwundert, dass sie so brav und ohne Widerstand dem Papa und Onkel Emil Gute Nacht sagte. Onkel Emil

musste noch einmal an ihr Bett kommen, als das Licht schon gelöscht war, und da flüsterte Fey: „Morgen gehen wir noch einmal zu dem gelben Vogel, und die Mama nehmen wir mit, gelt Onkel?" Onkel Emil versprach es Fey, drückte ihr rasch einen Gutenachtkuss auf die Stirn und machte die Türe leise zu. „Onkel Emil", rief Fey, „bitte lass doch die Türe etwas offen, nur ganz wenig, damit ich euch reden hören kann!"

Onkel Emil konnte das gut verstehen. Wenn es auch lange her war, dass er so klein wie Fey gewesen war, so erinnerte er sich doch noch genau, wie finster ihm sein Schlafzimmer vorgekommen war, wenn am Abend das Licht gelöscht wurde. „Die Erwachsenen erinnern sich leider zu selten, dass sie auch einmal kleine Kinder gewesen sind", dachte er, aber er wusste, dass Feys Mama und Papa zu den Ausnahmen zählten.

Als Onkel Emil wieder ins Wohnzimmer zurückkehrte, wollte Feys Papa sofort wissen, wie das mit dem Vogel nun wirklich gewesen sei.

„Es war so, wie ich es dir erzählt habe, genau so. Ich habe nichts erfunden oder gar verdreht! Wie könnte ich auch, wo Fey doch alles mit mir gesehen hat. In meinem ganzen Leben habe ich noch nie so ein Gefühl gehabt, dass ein Platz verzaubert ist. Ja wirklich, verzaubert!"

Feys Papa lächelte. Vor ihm saß ein erwachsener Mann, um einiges älter als er, und erzählte ihm ein Märchen. Er erzählte es ihm mit derselben Unschuld und demselben kind-

lichen Staunen, wie es Fey hätte erzählen können. Und da war noch etwas, das nur Menschen haben, die etwas Außerordentliches erlebt haben – etwas, das niemand erklären kann –, ein bestimmtes Lächeln, das man mit dem Lächeln anderer Menschen nicht vergleichen kann. Das kommt davon, dass sie ein Geheimnis haben, ein Geheimnis, das sie glücklich macht, obwohl sie nicht wissen, warum. So ein Geheimnis hatten Onkel Emil und Fey nun gemeinsam.
„Hm", war alles, was Feys Vater sagen konnte, „na, wir werden ja sehen! Übermorgen werden wir's ja sehen."

Aber alles kam anders als geplant. Bevor man noch weiter über den gelben Vogel reden konnte, läutete das Telefon. Der Anruf war für Onkel Emil. „Oh Gott", sagte er und dann, „wie konnte das denn passieren?" Er horchte aufmerksam zu und seine Stirne überzog sich mit Sorgenfalten. „Also gut", sagte er schließlich mit einem tiefen Seufzer, „ich komme sofort. Ja, habe ich das? Das ist gut. Um wie viel Uhr, sagst du? Da habe ich gerade eine Stunde Zeit. Das geht. Also verlier nur nicht die Nerven, ich bin bald bei dir. Auf Wiedersehen." Dann legte er den Telefonhörer auf. Feys Mutter und Vater sahen ihn besorgt an.
„Stellt euch vor, meine Mutter hat sich den Fuß gebrochen. Sie ist jetzt 80 Jahre alt und lebt ganz allein in Ulm. Eine Freundin ist gerade bei ihr. Sie will unbedingt warten, bis ich komme, bevor sie das Krankenhaus aufsucht. Alte Leute sind manchmal etwas eigenartig, aber sie ist eine wun-

derbare Mutter! Also Kinder (das sagte er immer, manchmal auch zu Leuten, die viel älter waren als er!), es tut mir Leid, aber ich muss wieder weg."

Das war eine traurige Sache, und als Feys Vater Onkel Emil am Bahnhof beim Zug absetzte, sagte er noch: „Also, Emil, lass deine Mutter lieb grüßen von mir, und wir wünschen auch gute Besserung!" Onkel Emil stieg ein, und als er das Fenster in seinem Abteil heruntergezogen hatte, um seinem Freund noch einmal die Hand zu geben, sagte er: „Du gehst eben ohne mich den gelben Vogel ansehen, nicht? Fey wird dir schon alles erklären! Weißt du eigentlich, wie lieb und gescheit deine kleine Tochter ist?"

Feys Vater lachte. Ja, das wusste er sehr gut. Der Zug setzte sich in Bewegung und Onkel Emil rief: „Und lass sie noch sehr lieb grüßen, ich komme bald wieder!"

Alles Weitere konnte Feys Vater nicht verstehen, denn der Zug machte zu viel Lärm. Er winkte, bis der Zug nicht mehr zu sehen war.

Wieso Fey am folgenden Wochenende dann doch nicht zum Hexenhaus gehen konnte, um ihren Eltern den gelben Vogel zu zeigen, ist eine lange Geschichte, die mit ihrer Großmutter Anka zu tun hat. Ein dringender Besuch in Deutschland war plötzlich nötig, und in der Aufregung vor der Reise hätte Fey den gelben Vogel fast vergessen.

Fast, aber nicht ganz. Als sie nämlich im Auto einmal längere Zeit warten mussten, sagte sie, und man hörte an ihrer Stimme, dass sie Mühe hatte, die Tränen zurückzuhalten:

„Mama, was wird jetzt aus dem gelben Vogel? Wann gehen wir denn zum Hexenhaus?"
Feys Mama sagte beschwichtigend: „Mach dir keine Sorgen! Wenn wir zurück sind, gehen wir gleich hin! Das verspreche ich dir!"

Als Fey nach ein paar Tagen wieder nach Straßburg zurückkehrte, wollte sie zuallererst zum Hexenhaus gehen.
Nur einen Tag musste sie noch warten, dann war es endlich so weit. Leider konnte ihr Papa nicht mitkommen, so ging sie allein mit ihrer Mutter. Je näher sie dem Haus kamen, desto aufgeregter wurde Fey. Aber ach! Als sie um die letzte Ecke bogen, stand da ein großer Lastwagen, an dem man in der schmalen Gasse kaum vorbeikonnte.
Und dann kam die große Enttäuschung. Am Gartentor war eine große Tafel angebracht mit dem Namen eines Baumeisters, und mitten im Garten stand ein großer Kranwagen, der einen Teil der Gartenmauer schon abgetragen hatte. „Mama", schrie Fey, „schau, was die da machen! Sie zerstören das Hexenhaus!" Feys Mutter hatte große Mühe Fey zu beruhigen, die immer wieder sagte: „Mama, so tu doch etwas, sag ihnen, sie sollen aufhören, sie sollen wegfahren, bitte, bitte!"
Aber Feys Mutter konnte gar nichts tun. Irgendjemand hatte das Haus wahrscheinlich gekauft und wollte vielleicht die Mauer nicht mehr. „Hoffentlich wird nicht das ganze Haus abgerissen", sagte sich Feys Mutter, die nun

auch an den gelben Vogel dachte, obwohl sie ihn nie gesehen hatte.

Fey sagte: „Komm, Mama, ich zeig dir den gelben Vogel! Der böse Kran hat ihm doch nichts getan, gelt?"

„Nein, nein", sagte Feys Mama, „sicher nicht! Komm, zeig mir den Vogel!"

Sie liefen beide zum Haus, geradewegs durch den verwilderten Garten, und es war ein Glück, dass sich die Leute vom Lastwagen nicht um die beiden kümmerten. Fey zeigte hinauf zur Fensterluke, die noch immer offen stand, und dann sah sie mit ihrer Mutter durch das schmutzige Fenster in den Raum, in dem die Decke eingestürzt war. Der Käfig stand noch auf dem Schrank. Aber er war leer.

Fey hatte Tränen in den Augen: „Sicher hat der gelbe Vogel Angst vor dem Lastwagen und deshalb ist er fortgeflogen!"

„Sag, Fey, wo habt ihr denn den gelben Vogel noch gesehen – du weißt schon – dort, wo er gar nicht sein konnte?", fragte Feys Mama. Da führte Fey ihre Mutter um das Haus herum, bis sie dorthin kamen, wo Onkel Emil und Fey den gelben Vogel im ersten Stock gesehen hatten. Aber diesmal war alles anders. Die grauen Gardinen hingen nicht mehr und weder Käfig noch gelber Vogel waren zu sehen. Alles war grau und trostlos.

„Wo war denn der gelbe Vogel?", wollte Feys Mutter wissen, und Fey zeigte zum Fenster hinauf: „Dort oben!"

„Aber wo?", fragte die Mutter, doch Fey zuckte nur mit den Schultern und machte ein verdrossenes Gesicht: „Glaubst du, dass der gelbe Vogel wieder zurückkommen wird?", wollte Fey wissen, aber ihre Mutter sagte: „Wer weiß? Vielleicht werden der Herr oder die Dame, die das Haus gekauft haben, kommen und sich alles ansehen, und vielleicht wird der Vogel wieder im Käfig sein, wenn sie da sind? Dann werden sie ihn sicher mitnehmen und ihn gut füttern und lieb haben. Glaubst du nicht?"

„Oh ja", sagte Fey, „das glaube ich auch. Und wenn das Haus wieder schön ist, können wir wieder herkommen und den Vogel anschauen. Nicht wahr, Mama?"

„Sicher", sagte Feys Mama, aber sie hatte das Gefühl, dass die Leute auf dem Kranwagen auch das schöne alte Haus abreißen würden. Ja, so sah es aus, aber sie sagte es Fey nicht. Außerdem war es ja nicht sicher. „Es ist traurig, wenn ein schönes altes Haus, auch wenn es innen noch so kaputt ist, abgerissen wird", dachte Feys Mama.

Fey aber dachte: „Jetzt ist Onkel Emil weg und der gelbe

Vogel ist auch weg! Vielleicht ist der gelbe Vogel zu Onkel Emil geflogen? Das konnte doch sein! Armer Onkel Emil! Er wäre sicher traurig, wenn er wüsste, dass diese Riesenlastwagen da jetzt Stücke von der Mauer wegfraßen!" Es hatte keinen Sinn, da noch länger herumzustehen. Da wurde einem ja nur das Herz schwer!

Also gingen Fey und ihre Mutter noch einmal um das Haus herum, um zu sehen, ob der gelbe Vogel nicht vielleicht inzwischen zurückgekommen war. Aber nein, der Käfig war leer wie vorher.

Da wanderten die beiden etwas bedrückt nach Hause.

Als sie aber in die Nähe ihres Hauses kamen, zu der Stelle, wo die große Birke stand, die bis zu ihrem Balkon gewachsen war, da schrie Fey auf einmal: „Schau, Mama! Dort sitzt der gelbe Vogel! Na dort, auf dem Baum, bei unserem Balkon! Siehst du ihn?"

Feys Mama schaute und schaute und anfangs konnte sie nichts sehen als zarte grüne Blätter. Dann aber sah sie ihn, den gelben Vogel, wie er ganz oben im Wipfel saß, und sie hörte ihn singen und trällern, ganz so, als würde er sie willkommen heißen.

So schnell war Fey noch nie die Treppen hinaufgelaufen und ihre Mutter hatte Mühe ihr nachzukommen. Kaum war Fey in der Wohnung angelangt, da wollte sie auch schon auf den Balkon stürmen. Aber ihre Mutter hielt sie zurück und flüsterte: „Ganz leise und ganz langsam musst du gehen, damit du ihn nicht erschreckst!"

Also schlich Fey vorsichtig zum Balkon. Da, genau gegenüber, saß der gelbe Vogel und sang. Als er Fey sah, hörte er kurz zu singen auf, fing aber gleich wieder an, diesmal aber viel lauter und schöner als vorher.

Auch Feys Mutter stand nun an der Balkontüre und sah hinaus. Es war also keine Einbildung gewesen! Den gelben Vogel gab es wirklich!

„Onkel Emil wird sich freuen, wenn ich ihm das erzähle", sagte Fey und freute sich. Dann aber runzelte sie plötzlich die Stirne und dachte angestrengt nach. Schließlich sagte sie: „Mama, du, wir brauchen einen Käfig! So einen wie den im alten Haus!"

„Glaubst du, dass der gelbe Vogel in den Käfig hineinfliegen würde?", fragte Feys Mutter, und Fey sagte ohne zu zögern: „Ja, das glaube ich, er ist es doch gewohnt, einen Käfig zu haben!"

Feys Mutter dachte an den Käfig in dem alten Haus. Vielleicht brauchte den niemand? Man könnte doch dort fragen.

„Onkel Emil hat gesagt, ich müsse den gelben Vogel im Winter füttern, mit Körnern und Speckstückchen, wenn wir den Käfig auf den Balkon stellen …"

Feys Mutter sagte: „Aber zuerst müssen wir einen Käfig haben!"

„Könnten wir nicht den Käfig aus dem Haus holen? Den braucht doch niemand, wenn der Vogel nicht mehr dort ist!", fragte Fey, aber ihrer Mutter gefiel diese Idee nun doch gar nicht: Hineinzugehen in ein Haus, das einem nicht gehörte, war eine Sache, obwohl auch das schon nicht richtig war, aber dann etwas herausnehmen, nein, das durfte man nicht.

„Wir können vielleicht fragen", sagte Feys Mutter, „wenn wir jemanden finden, den man fragen kann!"

Der gelbe Vogel flog auf den Ast, der dem Balkon am nächsten war, und blickte zu ihnen herüber. Fey wurde ganz warm vor Freude. Weißt du, wie das ist, wenn einem warm wird vor Freude? Da hat man so ein Gefühl in den Wangen, als würde die Sonne draufscheinen, und die Augen beginnen zu leuchten. Das ist dann die wirkliche Freude.

„Wenn ich nur mit ihm reden könnte", sagte Fey. Die Mutter antwortete: „Das kannst du ja! Auch wenn er dir nicht so antworten kann, dass du ihn verstehst, weißt du doch nicht, ob er nicht dich versteht!"

Da fing Fey an mit dem gelben Vogel zu sprechen. Ihre Mutter aber ging ins Zimmer zurück und ließ sie allein. „Bei manchen Dingen soll man Kinder allein lassen", dachte sie, und es war gut so.

Was Fey mit dem gelben Vogel gesprochen hat, weiß niemand, aber der gelbe Vogel war nicht mehr auf dem Baum, als Feys Mutter wieder auf den Balkon kam.

Fey saß auf einem Stuhl, ganz still, so, als träumte sie mit offenen Augen. Einige Zeit sagte sie gar nichts und auch ihre Mutter blieb stumm, sie wollte Fey Zeit lassen. Irgendetwas war vorgefallen, etwas, das den gelben Vogel betraf, aber was? Plötzlich sagte Fey: „Der gelbe Vogel heißt Miro und er sagt, er kann nicht immer bei mir bleiben. Ich glaube, er gehört jemandem." Nach einer Pause fügte sie hinzu: „Aber ich bin nicht traurig. Er hat gesagt, das Traurigsein ist nicht gut, das macht ihn auch traurig und das will ich nicht. Ich glaube, er ist jetzt zu Onkel Emil geflogen – auf Besuch."

Feys Mutter hätte Fey am liebsten umarmt und fest an sich gedrückt. Aber sie tat es nicht. Stattdessen sagte sie: „Fein, da wird er sich freuen, und vielleicht wird er, wie in dem Lied, du weißt schon – ‚Kommt ein Vogel geflogen' – auch einen Gruß von dir bringen!"

Das gefiel Fey. Ja, der gelbe Vogel sollte zwischen Straßburg und dem Ort, wo Onkel Emil war, hin- und herfliegen! Vielleicht gehörte er eben auch Onkel Emil, der ihn ja mit Fey gemeinsam entdeckt hatte? Plötzlich sagte Fey: „Mama, ist das Leben schön?"

Feys Mutter sah ihre Tochter an und sagte: „Ja, Fey, das Leben ist schön, aber man muss es sich erst schön machen!"

„Wie macht man das, Mama?", wollte Fey wissen, aber das war schwer zu erklären, denn jeder musste da seinen eigenen Weg finden. Deshalb sagte Feys Mutter nur: „Das muss man eben lernen, so, wie man Lesen und Schreiben lernt, weißt du."

Fey dachte ein wenig nach, aber dann fiel ihr ein, dass ihr Papa den gelben Vogel noch gar nicht gesehen hatte, und das beunruhigte sie.

„Glaubst du, dass der gelbe Vogel noch einmal kommt, wenn der Papa da ist?", wollte sie wissen, gerade als ihr Vater bei der Türe hereinkam. Da sagte der Vater: „Ich glaube, ich habe ihn gerade gesehen. Mir schien es, als würde er auf der großen Tanne beim Europarat sitzen! Kann das sein?"

Da sprang Fey wie ein kleiner Hund an ihrem Vater hinauf und umarmte ihn. „Ja", rief sie, „das kann schon sein!"

Beim Abendessen erzählten Fey und ihre Mutter dann alles, was beim Hexenhaus passiert war. Der Vater hörte aufmerksam zu. „Nein, das ist ja ganz unglaublich", sagte er, und er wusste nicht, was er davon halten sollte. Waren sie jetzt alle verhext, dass sie überall gelbe Vögel sahen?

Fey wollte unbedingt bei ihrer Nonna anrufen und ihr und dem Nonno alles erzählen.

„Gut, gut", sagte die Mutter, „ich muss ja sowieso auch mit der Nonna reden." Es wurde ein sehr langes und sehr teures Gespräch und zum Schluss sagte Fey noch: „Nonna, frag einmal dein Zauberauge, ob der gelbe Vogel wiederkommen wird." Da sagte die Nonna: „Der gelbe Vogel bedeutet Glück und deshalb wird er immer wiederkommen, besonders zu kleinen Mädchen, wie die Fey eines ist."

Das machte Fey sehr glücklich. An diesem Abend, als sie

schon im Bett lag und ihre Eltern ihr Gute Nacht sagten, fragte sie: „Hat das Zauberauge immer Recht?"

„Ich glaube schon", sagte ihre Mutter, und der Vater ergänzte: „Man muss nur daran glauben! Und jetzt schlaf gut und träume vom gelben Vogel!"

Fey und die Silberkinder

Wenn dir jemand sagt, dass Spinnen scheußlich sind, und nichts dabei findet, ihre wunderbaren Netze mutwillig zu zerstören, dann erzähle ihm die Geschichte der Silberkinder.

Es gibt im Sommer, so um die Mittagsstunde, wenn es sehr heiß ist, auch Momente, wo alles geheimnisvoll wird und Dinge geschehen, die man nicht für möglich halten würde. Trotzdem geschehen sie, wenn auch nicht jedem Menschen.

An einem Tag im Sommer in der hügeligen Toskana, als die Temperatur auch im Schatten gegen 30 Grad hinaufkletterte und sogar die Zikaden ihr Gezeter einstellten, war es so still um das Haus, dass man ein Blatt hätte fallen hören. Die Menschen machten alle einen Mittagsschlaf und auch Fey wollte in der Hängematte ein bisschen dösen.

Die Stille kam auch daher, dass kein noch so leises Lüftchen wehte. Die Natur schien zu schlafen. Fey aber, und so war sie eben, hielt es nicht aus in der Hängematte. Die Erwachsenen waren doch langweilig! Und wie lange die schlafen konnten! Wirklich enttäuscht war Fay aber nur von der Nonna, ihrer Großmutter, denn die legte sich sonst nie zu Mittag nieder, und diese Mittagszeit war eine wunderbare Geschichtenerzählzeit! Diesmal aber hatte sich auch die Nonna niedergelegt. „Wird das jetzt immer so sein", fragte sich Fey verärgert, „wird die Nonna vielleicht wie alle anderen Erwachsenen? Oh Schreck und Graus! Nur das nicht! Was geschähe dann mit den vielen Geschichten, die die Nonna im Kopf hatte? Wären die dann wie verschluckt?"
Fey kippte sich sanft aus der Hängematte und ging über die Terrasse zum Hof hin. Auf einer Seite des Hofes waren viele Büsche, in der Mitte war der Topfgarten, wie Fey ihn nannte. Er bestand aus Blumenstauden und vielen Töpfen mit Pflanzen, wie Anemonen, Astern, Dahlien, was eben gerade zur Jahreszeit passte. Dort, wo die Büsche standen, gab es auch eine riesige Hortensie. Sie hatte fast den ganzen Sommer über herrliche, große rosa Blüten.
Aus irgendwelchen nur Spinnen bekannten Gründen gab es rund um die Hortensie viele Spinnennetze. Fast immer war dabei ein großes, das in der Früh, wenn der Tau fiel, wie ein Netz mit tausend funkelnden Edelsteinen aussah. Fey sah sich dieses Netz oft an, aber nur ganz selten sah sie die Spinne in ihrem Netz sitzen.

An diesem heißen Mittag stand Fey wieder vor dem Netz und betrachtete es neugierig. Weil es so still war und sich sonst nichts rührte, hörte Fey die Stimme der Spinne: „Hallo, Fey! Bist du allein?"

Es konnte nur die Spinne sein, die da gesprochen hatte, denn es war sonst niemand in der Nähe. Fey war gar nicht verwundert, dass die Spinne sprechen konnte. In den Märchen und in Nonnas Geschichten konnten Tiere oft reden. Und auch der gelbe Vogel hatte zu ihr gesprochen. Warum auch nicht? Es fielen ihr Nonnas Worte ein: „Sag nie, das gibt es nicht!" Da antwortete Fey auf die Frage der Spinne: „Ja, alle sind schlafen gegangen, weil es so heiß ist!"

„Hast du schon einmal absichtlich Spinnennetze zerstört?", wollte die Spinne wissen, und jetzt erst bemerkte Fey, wie groß und schwarz diese war! Sie hatte acht sehr lange Beine, die Fey eklig vorkamen. Natürlich hätte sie das der Spinne nie gesagt.

„Nein, absichtlich nie, aber ich bin schon oft aus Versehen in ein Netz gelaufen, vor allem unten im Bambuswald. Dort gibt es so viele und man sieht sie nicht, weil es dort so finster ist!"

„Und hast du schon einmal ‚pfui Spinne' gesagt?", wollte die Spinne wissen. Das sagte Fey sehr schuldbewusst: „Ich glaube schon."

„Tut es dir Leid?", fragte die Spinne, und Fey sagte: „Ja, die Nonna schimpft auch mit mir, wenn ich ‚pfui' zu einem Tier sage."

Die Spinne, die ihre acht Augen ständig hin- und herdrehte, fragte Fey, wer denn diese Nonna sei, was Fey sehr erstaunte, denn schließlich gehörten ja die Hortensie und der Garten und alle Bäume und das Haus der Nonna und dem Nonno. Als sie der Spinne das erklärte, meinte diese: „Ach, weißt du, wir Spinnen kümmern uns nicht, wem der Busch oder der Baum gehört, in dem wir unsere Netze bauen! Ist diese Nonna mit dir verwandt?"

„Sie ist meine Großmutter", sagte Fey und dachte darüber nach, wie sie der Nonna das Schlafen am Nachmittag wieder abgewöhnen könnte.

Die Spinne unterbrach diese Gedanken, indem sie fragte: „Willst du, dass ich dir ein Geheimnis verrate?"

Geheimnisse waren immer eine aufregende Sache. Geheimnisse musste man selbst haben, von anderen erfahren, in sie eingeweiht werden. Alles war ja ein Geheimnis – das sagte die Nonna immer. Wie das Gras wächst, was die Bäume miteinander reden, wo sich die Füchse Gute Nacht sagen und warum die Grillen manchmal laut zirpen und dann wieder ganz still sind, wie jetzt gerade.

Natürlich wollte Fey das Geheimnis der Spinne erfahren.

„Wenn du versprichst, immer auf Spinnennetze aufzupassen und nie mehr ‚pfui Spinne' zu sagen, dann werde ich dir helfen etwas zu sehen, was noch kein Menschenkind hier gesehen hat. Eine silberne Wiese mit silbernen Bäumen und silbernen Kindern!"

Fey versprach es sofort, denn das war kein so

schwieriges Versprechen für sie. Man musste sich nur daran erinnern, wenn man im Bambuswald herumspazierte. Also versprach Fey der Spinne, was sie wollte. „Gut", sagte die Spinne, „jetzt öffne ich dir die Spinnennetztüre, damit du durchgehen kannst, ohne mein Netz zu zerstören. Pass gut auf, wie ich das mache!"

So schnell, dass Fey mit den Augen kaum folgen konnte, lief die Spinne von einem der vier Enden ihres Netzes zum nächsten und löste sie von den Zweiglein der Hortensie. Wie sie das machte, die zwei Enden im Mund zu halten, ohne das Netz zusammenzuziehen, war wunderbar. Mit den beiden Enden sprang sie nun mitten in ihr Netz, aber ihr großer Körper ließ die zarten Fäden kaum erzittern. Nun war eine Seite frei und die Spinne sagte: „Geh rasch durch, dann wirst du einen kleinen Weg sehen. Lauf diesen Weg entlang, bis du zu meiner Kusine, der grauen Spinne, kommst, lass sie von mir grüßen und sag ihr, dass du die silberne Wiese sehen willst, aber zerstöre nicht ihr Netz, sonst ist alles vorbei und du wirst die silberne Wiese mit den silbernen Bäumen und den silbernen Kindern nie sehen!"

Fey schlüpfte schnell am Netz vorbei und sah, dass sie auf einem kleinen Weg stand. Wo war der Weg nur vorher gewesen? Oft war ihr Ball schon in die Büsche rund um die Hortensie gerollt, aber Weg hatte es dort keinen gegeben! Auf einmal bemerkte Fey, dass die Büsche hoch über ihr waren, und am Gras rundherum erkannte sie, dass

sie nun viel kleiner sein musste als zuvor. Eine Ameise krabbelte an ihr vorbei, die schien so groß wie Fritzi, die Katze! „Steig nicht auf mich drauf, Fey, pass auf, wo du hintrittst! Ich habe es sehr eilig, weil heute so wenig Krümel von eurem Frühstückstisch übrig waren! Kannst du das nächste Mal nicht mehr auf den Boden fallen lassen?"
Fey musste lachen. Immer sagte ihre Mutter, dass der Boden um ihren Stuhl herum ganz furchtbar aussehe und sie sei schuld daran, dass es auf der Terrasse so viele Ameisen gebe! Fey wollte das der Ameise erzählen, aber sie war schon fortgelaufen. Fey ging das Weglein weiter. Plötzlich stand sie wieder vor einem Spinnennetz. Es war viel, viel größer als das Netz der schwarzen Spinne, aber vielleicht lag das daran, dass Fey inzwischen viel kleiner geworden war! Am Rande des Netzes saß eine riesige graue Spinne. Es schien, als sei sie hellgrau „gepünktet", wie Fey immer sagte. Der Sand zum Beispiel war „gepünktet", was nur heißen sollte, dass er aus unzähligen Punkten bestand, wenn man ihn zeichnen wollte.
Die Spinne sah Fey mit sieben bösen Augen an. Das achte schien ein bisschen freundlicher zu sein. Deshalb wagte es Fey auch, rasch zu sagen: „Ich komme von Ihrer Kusine, der schwarzen Spinne! Sie lässt Sie schön grüßen!" Da wurde auch noch ein zweites Auge freundlicher und dann noch ein drittes und viertes. „Ich möchte so gerne die silberne Wiese mit den silbernen Bäumen sehen und mit den silbernen Kindern spielen!"

„So, so", sagte die graue Spinne, „also wenn du mein Netz nicht zerstörst und geduldig wartest, bis ich dich durchlasse, dann kannst du meinetwegen weitergehen, aber bevor du zur silbernen Wiese kommst, versperrt dir noch die weiße Spinne den Weg, und an ihr kannst du nur vorbei, wenn du das Rätsel löst, das sie dir aufgibt."

„Oje", sagte Fey traurig, „ich bin nicht gut im Rätsellösen!"

„Du musst nur gut nachdenken", sagte die graue Spinne und die vier bösen Augen glänzten listig.

„Ich sage dir das Rätsel:

Was ist es?
Es ist hauchdünn
und dennoch stark,
es fängt Tautröpfchen
und verwandelt sie in glitzernde Diamanten.
Für einen bedeutet es Leben,
für andere den Tod.

Wenn du die Antwort weißt, sag sie der weißen Spinne und sie wird dich durchlassen!"
Fey dachte über das Rätsel nach, während die graue Spinne rasch ihr Netz an zwei Enden aufmachte. Als Fey durchgeschlüpft war, sagte sie: „Bitte, kannst du mir das Rätsel noch einmal sagen?"
Die Spinne wiederholte das Rätsel, diesmal sehr langsam. Am Ende hatte Fey verstanden. Natürlich, des Rätsels Lösung hieß „Spinnennetz". Dann stimmte alles. Es war hauchdünn, doch stark genug, um eine Spinne zu halten. Wenn sich Wassertröpfchen darin fingen, leuchteten sie im Sonnenschein wie Edelsteine, und die Spinne lebte davon, dass sich Fliegen und andere Insekten in ihrem Netz fingen, die sie dann verzehrte.
Fey war sehr stolz, dass sie ganz allein auf die Lösung des Rätsels gekommen war und ging rasch weiter. Fast wäre sie so in das riesige Netz der weißen Spinne gelaufen. Damit wäre alles aus gewesen! Die weiße Spinne war nicht zu sehen, aber ihr Netz versperrte den Weg.

„Hi, hi, hi", kicherte eine böse Stimme von einem Baum herunter: „Hier darf niemand durch! Niemand, hörst du? Und Menschen schon gar nicht! Die zerstören ja alles um sie herum. Weg, weg mit dir, sonst beiße ich dich!" Nach einer kleinen Pause sagte sie dann: „Es sei denn, du kannst mir ein Rätsel auflösen! Wenn du das nicht willst, dann weg mit dir, weg, weg!"

Fey ging ein paar Schritte zurück, um sehen zu können, wo die Stimme herkam, aber die Spinne hatte sich unter einem Blatt versteckt. Fey tat so, als wüsste sie nicht, wie das Rätsel lautete, und sagte: „Was ist denn das für ein Rätsel?" Da sagte die weiße Spinne:

> *Was ist es?*
> *Es ist hauchdünn*
> *und dennoch stark,*
> *es fängt Tautröpfchen*
> *und verwandelt sie in glitzernde Diamanten.*
> *Für einen bedeutet es Leben,*
> *für andere den Tod.*

Fey nahm allen Mut zusammen und sagte: „Ich weiß es. Ich weiß, was hauchdünn und doch stark ist, was aus Tautropfen Diamanten macht und für einige das Leben und andere der Tod ist!"

„So, so", kicherte die Spinne, „und was ist es?"

„Das Spinnennetz!", sagte Fey ganz laut, sodass das Netz zu zittern begann.

Da erschien die weiße Spinne in ihrem Netz und sah wütend auf Fey herunter: „Du kommst dir wohl sehr gescheit vor, nicht wahr, Fey? Aber eines sage ich dir! Wenn du von der silbernen Wiese wieder zurückkommst, dann musst du noch ein Rätsel lösen, sonst musst du auf immer im Land der silbernen Wiese mit den silbernen Bäumen und den silbernen Kindern bleiben!"

Fey wurde es jetzt angst und bange. Plötzlich kam sie sich gar nicht mehr so gescheit vor. Deshalb fragte sie schüchtern: „Und was ist das für ein Rätsel?"

„Das Rätsel geht so, antwortete die Spinne.

> *Am hellen Tag*
> *zur tiefen Nacht*
> *acht sind immer auf Wacht.*
> *Die Zahl der deinen*
> *mal vier macht die meinen.*

Fey war verwirrt. „Ach du lieber Schreck", dachte sie, „ich weiß nicht, was die Lösung ist! Wenn ich jetzt aber durch das Netz gehe, kann ich am Ende vielleicht nicht mehr zurück!"

Die weiße Spinne öffnete ihr Netz und sagte: „Komm, komm, Kindchen, des Rätsels Lösung wird dir schon einfallen!"

Da nahm Fey ihren ganzen Mut zusammen und ging durch die Öffnung, die die weiße Spinne gemacht hatte.

„Hi, hi, hi", rief sie Fey nach, „jetzt kannst du nie

mehr zurück", und als Fey sich umdrehte, war das Netz wieder zu und versperrte den Weg zurück.

„Ich kann auf dem Rückweg immer noch ihr Netz zerstören, um herauszukommen", dachte Fey, aber dann erinnerte sie sich an ihr Versprechen, nie mehr ein Spinnennetz zu zerstören.

Wie war das Rätsel? Am hellen Tag … Wer waren die acht? Fey entschloss sich, nicht mehr darüber nachzudenken. Es würde ihr schon einfallen! Jetzt wollte sie vor allem zur silbernen Wiese. Unmittelbar hinter dem Netz der weißen Spinne ging der Weg über ein paar glitschige Stufen hinunter. Es wurde hier immer finsterer, aber dann machte der Weg eine scharfe Wendung nach rechts und nun sah man weit in der Ferne etwas sehr Helles, so, als schiene dort die Sonne. Der Boden wurde wieder trocken und Fey begann, so schnell sie nur konnte, auf das Licht zuzulaufen. Das Licht wurde immer heller, zum Schluss war es so hell, dass Feys Augen schmerzten. Sie musste mehrmals die Augen schließen, so grell war alles um sie herum. Und da stand sie auch schon auf der silbernen Wiese: Jeder Grashalm, jedes Blatt war aus Silber. Rundherum standen viele Bäume, Buchen, Eichen, Pappeln, Birken und Tannen, und alle waren sie aus reinstem Silber! Wie das glitzerte und funkelte! Ein Baum aber rief mit tiefer Stimme: „Fey, Fey, schüttle mich, bitte!" Da schüttelte Fey den Baum und aus den Ästen fielen silberne Kugeln. Die Kugeln aber sprangen auf und aus jeder hüpfte ein kleines silbernes Kind! Die Kinder liefen auf Fey zu und fassten sie an den Händen, einige kletterten ihre Beine hinauf, andere hielten sich an ihren Armen fest.

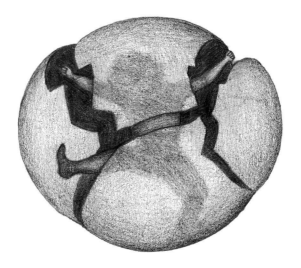

„Danke, danke", tönte es von allen Seiten, „du hast uns erlöst! Wir danken dir!"
Da rief es auch von den anderen Bäumen auf der Wiese: „Bitte schüttle uns, schüttle uns!"
So musste Fey von einem Baum zum anderen gehen und alle schütteln, bis die silbernen Kinder aus den silbernen Kugeln herausrollten! Nachdem Fey alle Bäume geschüttelt hatte, bildeten die Kinder einen großen Kreis um Fey herum und begannen zu singen. Solche Lieder hatte Fey noch nie gehört! Sie konnte die Worte nicht verstehen, denn sie schienen in einer seltsamen Sprache zu sein, aber die Melodien waren so schön, als würden lauter

Englein singen! Fey wünschte sich nur, dass der Gesang nie aufhörte! Plötzlich aber erinnerte sie sich an die weiße Spinne und an das Rätsel. Da hob sie beide Hände und sah die Kinder flehend an. Sofort verstummte der Gesang und eines der silbernen Kinder fragte: „Fey, was hast du denn? Du bist ja ganz blass geworden!"

Da erzählte Fey den silbernen Kindern von der schwarzen, der grauen und der weißen Spinne und wie sie den Weg zur silbernen Wiese gefunden hatte. Als Fey von der weißen Spinne erzählte, wurde es ganz still ringsum und Fey schien es, als glänzte das Silber nicht mehr so hell wie zuvor.

Eines der Kinder nahm Fey an der Hand und sagte: „Meine liebe Fey! Du hast uns zwar erlöst, aber nur für eine kurze Zeit! Es ist die weiße Spinne, die uns hier gefangen hält, denn sie ist eine mächtige Zauberin. Ein Rätsel hast du schon gelöst, sonst wärst du nie zu uns gekommen, versuche also auch das zweite Rätsel zu lösen. Wenn es dir gelingt, dann kannst du wieder zurück in die Welt, aus der du gekommen bist, und wir sind für immer erlöst. Wenn es dir aber nicht gelingt, wirst auch du zu einem Silberkind und musst auf den Bäumen wohnen wir wir."

Fey erschrak. Wie lautete das Rätsel? Sie dachte angestrengt nach. „Am hellen Tag, zur tiefen Nacht", sagte sie vor sich hin, und gleich begannen die Silberkinder die Worte des Rätsels weiterzusingen: „Acht sind immer auf Wacht. Die Zahl der deinen mal vier macht die meinen!"

Immer wieder sangen die Kinder das Lied. Dann bildeten sie einen Kreis. Aus dem Kreis traten acht mal vier Kinder und stellten sich so, dass aus dem Kreis ein großer Stern wurde: In der Mitte stand nun Fey. Da liefen acht Silberkinder los und hockten sich schnell an einer Seite des Kreises eng aneinander.
Das war des Rätsels Lösung, aber Fey verstand es nicht sofort. Die acht Silberkinder sangen nun immer wieder: „Die Zahl der deinen mal vier macht die meinen!"
Dabei sahen sie Fey immer wieder sorgenvoll an, als wollten sie sagen: „So versteh doch, versteh doch, sonst wirst auch du zu einem Silberkind!"
Fey wurde von Angst gepackt und lief aus dem Kreis.
„Komm, steig auf mich", murmelte ein breiter Baum, dessen untere Äste fast den Boden berührten. Fey, die das Gefühl hatte, dass ihr alle helfen wollten die Lösung des Rätsels zu finden, stieg rasch auf einen Ast, dann auf den nächsten und schließlich befand sie sich hoch über der Silberwiese. Von hier hatte sie eine wunderbare Aussicht auf den Kreis der Silberkinder. Je mehr sie aber hinsah, desto deutlicher erkannte sie, was die Silberkinder ihr mit diesem Kreis zeigen wollten. Das war die Spinne mit ihren acht Beinen, und die acht hockenden Gestalten waren die acht Augen der Spinne! Jetzt verstand Fey das Rätsel:
Acht sind immer auf Wacht! Die acht Augen natürlich. Sie selbst hatte nur zwei, mal vier ergab acht! „Hurra", schrie Fey und klatschte in die Hände. Da klatschten un-

ten auch alle Kinder und umringten den Silberbaum, auf dem Fey saß. „Ich hab's, ich hab's", rief sie, „jetzt weiß ich …", aber mittendrin stockte sie, denn ihr fiel ein, dass die Spinne ja auch acht Beine hatte und der Mensch nur zwei! Vielleicht waren des Rätsels Lösung die Beine! Da aber sagte ein Silberkind ganz laut: „Tag und Nacht sind sie auf Wacht!"
Beine sind doch nicht auf Wacht! Beine laufen, nein, sicher waren die acht Augen der Spinne gemeint!
„Ich hab's, ich hab's", rief Fey noch einmal und sprang vom Baum herunter. Danach spielten sie die tollsten Spiele und Fey hatte das Gefühl, dass sie beim Laufen den Boden kaum berührte. Sie flog fast – ein himmlisches Gefühl!

Wie lange sie so spielten, wusste sie nachher nicht mehr, aber plötzlich wurde es dunkler auf der Silberwiese, die Silberkinder huschten an Fey vorbei, jedes warf ihr noch ein Kusshändchen zu – dann verschwanden sie in den Silberbäumen und es wurde ganz still. Da wusste Fey, dass es Zeit war, wieder nach Hause zu gehen. Während sie über die Silberwiese schritt, hörte sie noch, wie hundert feine Stimmchen riefen: „Erlöse uns, erlöse uns!"
Fey ging den dunklen Weg zurück, über die glitschigen Stufen hinauf, bis sie an das Netz der weißen Spinne kam. Diesmal saß die Spinne mittendrin und funkelte sie mit ihren acht Augen an: „Also, hast du des Rätsels Lösung?"
Fey antwortete: „Ja, ich glaube schon!"

„Glauben ist nicht wissen", sagte die Spinne. „Also, was ist die Lösung?" Da sagte Fey mit fester Stimme: „Die acht Augen der Spinne!"
Da zerriss die weiße Spinne ihr eigenes Netz, raste an den Fäden hin und her und bald waren Netz und Spinne verschwunden.

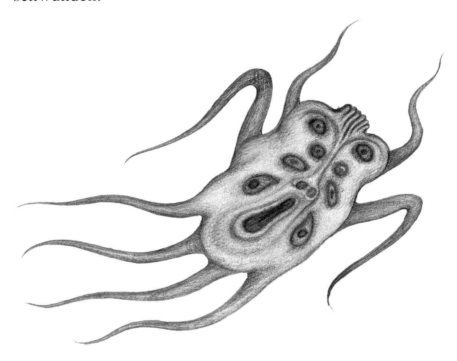

Der Weg war frei, und als Fey bei der grauen Spinne ankam, sah sie diese mit freundlichen Augen an und sagte: „Ich freue mich, dass du gut zurückgekommen bist! Hast du die Silberwiese gesehen? Und die Silberbäume? Und hast du mit den Silberkindern gespielt?"

Fey nickte heftig. „Die weiße Spinne hat sich so

geärgert, dass ich ihre Rätsel gelöst habe, dass sie ihr eigenes Netz zerstört hat und dann verschwunden ist!"

„Das hast du gut gemacht, Fey, wir alle haben vor der weißen Spinne Angst gehabt, denn sie ist eine böse Zauberin! Jetzt wird sie sich sicher eine andere Gegend suchen, wo sie ihr Unwesen treiben kann. Vielleicht ist sie gar keine Spinne mehr, sondern irgendein anderes Geschöpf! Ich glaube, jetzt gibt es keine Silberwiese mit Silberbäumen mehr. Die Silberkinder sind alle erlöst und leben wie normale Kinder irgendwo auf der Welt! Das haben sie dir zu verdanken, weil du so tapfer warst!"

„Die Kinder", sagte Fey, „haben mir sehr geholfen, das Rätsel zu lösen, auch wenn sie das Wort nicht ausgesprochen haben. Ich bin froh, dass ich sie erlöst habe, wenn ich auch traurig bin, dass ich die Silberwiese mit den Silberbäumen nie wieder sehen werde! Leb wohl, graue Spinne, und lass mich bitte durch!"

Im Nu hatte sie das Netz gehoben und Fey konnte durchschlüpfen. Die graue Spinne winkte noch mit drei Beinen und ging dann daran, ihr Netz wieder zu befestigen.

Bei der schwarzen Spinne, die am Rande ihres Netzes saß und anscheinend auf Fey gewartet hatte, setzte sich Fey auf einen großen Stein, den die Nonna von irgendwo herbeigeschleppt hatte. Überall im Topfgarten standen große Steine herum. Die meisten waren aus Marmor und hatten wunderschöne Zeichnungen, meist grau, gelb und weiß gestreift, was sehr hübsch aussah. Fey hatte sich oft den Kopf darüber zerbrochen, was denn das für einen Sinn haben sollte, Steine von einem Ort zum anderen zu schleppen. Steine gab es doch überall im Überfluss! „Jetzt jedenfalls", dachte Fey, „kommt mir der Stein sehr gelegen, denn ich fühle mich plötzlich so müde, als wäre ich stundenlang gelaufen!" Die schwarze Spinne sagte: „Also, erzähle doch, was du erlebt hast! Hast du die Silberwiese mit den Silberbäumen und den Silberkindern gefunden?"

„Oh ja", sagte Fey, „und ich danke dir vielmals, dass du mir das Geheimnis verraten hast! Sonst hätte ich die Silberwiese nie gesehen und hätte nie mit den Silberkindern gespielt. Es war alles so schön, so wunderbar, wie im Märchen!"

Die schwarze Spinne lachte vor Vergnügen.

Hast du schon einmal eine Spinne lachen gesehen? Das ist sehr komisch, denn der Mund einer Spinne ist ja so seltsam, wenn er ganz breit wird. Das musst du dir einmal ansehen! Jedenfalls ist da gar nichts Grausiges oder gar Hässliches an so einer lachenden Spinne – glaub es mir!

Fey musste dann alles von dem Rätsel der weißen Spinne erzählen und wie es ihr gelungen war, es zu lösen.

Besondere Freude aber hatte die schwarze Spinne, als sie hörte, dass es die weiße Spinne nun gar nicht mehr gab.

„Sie hat uns alle in Verruf gebracht", sagte sie, „Spinnen sind gar nicht bösartig, und wenn man nett zu ihnen ist, dann schützen sie Kinder und Erwachsene vor den schmerzhaften Bissen der Moskitos! Und fleißig sind sie, wenn sie ihre wunderschönen Netze aufspannen!"

„Ich glaube, du bist jetzt sehr müde, Fey", fuhr die Spinne fort, „geh also zurück zu deiner Hängematte und ruh dich aus!" Damit öffnete die schwarze Spinne ihr Netz, sodass Fey daran vorbeikonnte, und sagte: „Vergiss nie dein Versprechen, kleine Fey, auch wenn du groß bist!"
Fey verabschiedete sich höflich, schlüpfte in den Topfgarten und lief bis zur Hängematte. Erschöpft sank sie hinein. Da begannen plötzlich die Zikaden ihr Konzert, und es dauerte nur wenige Minuten, bis Fey fest eingeschlafen war.

Schuschila

*I*m Zimmer der kleinen Fey sah alles so nett und ordentlich aus, dass man denken konnte, hier wohne ein sehr ordnungsliebendes Mädchen, das seine Kleider und Spielsachen am Abend vor dem Schlafengehen immer sorgsam wegräumte. Das war aber nur selten der Fall, denn ein Muster an Ordentlichkeit war Fey gewiss nicht. Meistens räumte die liebe Kathi auf. Kathi half Feys Mama im Haushalt, seitdem die Familie aus der Stadtwohnung am Rande von Straßburg in ein elsässisches Bauernhaus auf dem Land gezogen war. Hier hatte Fey ein wunderschönes Kinderzimmer, aus dem man auf einen großen Garten und den benachbarten Bauernhof blickte.

In diesem Zimmer, in der Ecke neben dem Fenster, stand ein großer, schöner Korb. Dort wohnten alle Stofftiere, die Fey je bekommen hatte. Das waren so viele, dass sie einige von ihnen schon ganz vergessen hatte. Die lagen tief unten, und kunterbunt darüber – Köpfe oben, Köpfe unten – lagen alle anderen, von welchen einige sehr geliebt wurden, andere aber kaum beachtet ein trauriges Leben fristeten. Wenn Nonna, Feys Großmutter, zu Besuch kam, dann wurden alle Tiere herausgenommen und angeschaut. Da gab es Tiere aus heißen Ländern, wie das Krokodil, das Nashorn, zwei Elefanten, eine Schildkröte, einen Löwen, ein Zebra und ein Giräffchen. Die wichtigsten unter diesen Tropentieren waren eine Löwin, Leoncina genannt, die Fey besonders liebte, ein kleines Löwchen, Leoncino, und der erst später hinzugekommene Leone. Während Leone und Leoncino noch sehr schön waren, war Leoncina schon etwas zu viel herumgeschleppt worden – nach Wien, nach Deutschland, nach Italien und wieder zurück nach Hause, nach Straßburg. Unter den Tieren gab es auch sehr seltene, wie etwa die Maximaus, eine große weiße Maus mit einer Brusttasche wie ein Känguru. Man sah sie öfters auf Feys Bett sitzen. Aber selbst Fey wusste nicht, wie sie aus dem Korb dorthin gekommen war. Vielleicht hatte die Kathi sie aus dem Korb genommen, weil sie ihr so gut gefiel? Dann gab es noch Tiere, die im Meer lebten, wie den Puffin, auch Papageientaucher genannt, und ein Walross. Aus dem fernen Südamerika gab es auch noch ein Lama und ein Meerschweinchen. Teddybären hatte Fey natürlich auch, gleich drei Stück. Aber die Armen wurden selten aus dem Korb genommen. Eine ganz gewöhnliche Maus gab es, wenn sie auch nicht die Farben einer gewöhnlichen Maus hatte, denn sie war scheckig, weil sie aus verschiedenen Stoffflecken gemacht worden war. Feys außergewöhnlichste Tiere wa-

ren ein Panda und ein kleines, lustiges Schweinchen, das Piglet hieß, wie das Ferkel aus dem Buch „Pu der Bär". Tja, den Pu-Bären, den gab es auch noch. Er hatte einmal Feys Vater gehört und wohnte nun in Italien. Niemand weiß, warum Fey diesen Bären, den ihr Vater so geliebt hatte, nicht mochte. Aber die Nonna hat ihm einen Ehrenplatz gegeben. Und jetzt sitzt er auf der Bank in Nonnas kleinem Haus und hat eine prachtvolle Aussicht auf die toskanischen Hügel. Was er so macht, wenn ihn niemand beobachtet, wird nie jemand wissen, außer vielleicht Fritzi die Katze, die, wenn das Haus gelüftet wird, gerne neben ihm sitzt.

Und dann gab es bei Fey noch zwei brave Lämmchen, zwei Katzen, Jakob den Raben, eine Ente, ein Eichhörnchen und zwei Hasen. Kann man sich vorstellen, dass ein Kind so viele Stofftiere hat?

Nachts gab es in dem Korb oft ein Tuscheln und Murmeln, ein Quieken und Knurren. Ist ja auch kein Wunder. Da Fey nicht mit ihnen sprach, mussten die Tiere sich eben miteinander unterhalten.

Fast hätte ich ein ganz wichtiges Tier vergessen, das Fey mindestens so lieb hatte wie die Leoncina, nämlich den Hasen Cäsar. Cäsar zu beschreiben ist eigentlich sehr schwer. Cäsar war ein Hase. Das Einzige, was er mit seinem Namensvetter, dem großen römischen Kaiser, gemeinsam hatte, war seine Glatze. Cäsar der Hase war nämlich so sehr geliebt worden, dass er schon fast keinen Pelz mehr hatte. Außer an seinen langen Ohren sah man nicht auf den ersten Blick, dass er ein Hase war. Aber er war eben Cäsar, ein besonderer Hase, mit weißen Kulleraugen und langen, schlappsigen Beinen.

Das munterste unter den Tieren war jedenfalls das Piglet. Es konnte überhaupt nie still sitzen oder still liegen, sodass Fey einmal, als sie den Korb öffnete, um zu sehen, ob ihr Hausschuh vielleicht aus Versehen hineingeraten war, bemerkte, wie das Piglet unter die anderen Tiere krabbelte. Das war ein schöner Schreck! Wieso hatte das Piglet sich von selbst bewegt? Stofftiere leben doch nicht wirklich! Oder vielleicht doch? Fey wusste damals noch nicht, dass

Stofftiere sich bewegen können. Wie sie das tun? Ja, das werdet ihr bald sehen. Jedenfalls sagt Fey heute nicht mehr so ohne weiteres „Das gibt es nicht".

„Ich glaube, das Piglet hat sich gerade bewegt!" Was sagte die Nonna, als Fey ihr das erzählte? Sie sagte: „Schau, schau, das ist ja wunderbar." Sie sagte nicht „Das gibt es nicht", denn dann hätte sie die Geschichte vom munteren Piglet nie geschrieben.

Wie entsteht denn überhaupt eine Geschichte? Waren die Geschichten, die die Nonna erzählte, wahr? Und wenn sie nicht wahr waren, wieso konnte sie sie dann schreiben? Was ging in dem Kopf dieser Nonna vor?

„Tja", sagte die Nonna, „meine Geschichten habe ich alle wirklich erlebt." Es gab eben zwei Seiten von dieser Nonna: die eine, die kochte, Geschirr spülte, Wäsche aufhing, im Garten arbeitete und tausend andere alltägliche Sachen tat; und eine andere, die in all die alltäglichen Arbeiten etwas Geheimnisvolles hineinbrachte, besonders, wenn Fay bei diesen Arbeiten dabei war. Zum Beispiel wurde das Aufräumen flugs zum Fangenspielen mit den Nöm-Nöms, diesen unsichtbaren Hausgeistern, die zum ersten Mal bei Fey im Zimmer gesehen worden waren und sie seither überallhin begleiteten. Beim Kochen kamen ganz andere Geister zum Vorschein, wie der Salzteufel, der in alles hineinspringen will, oder der Knoblauchzwerg, der immer den Kopf aus seiner Knolle herausstreckt, damit die Nonna endlich sieht, wo sie ihn zuletzt hingelegt hat. Tausend solche seltsamen Dinge gab es im Haus von der Nonna. Na, und erst im Garten! Da gab es keinen Platz ohne Kobolde, Waldschrate und Schatzgräber.

Wieso kannte die Nonna all diese geheimnisvollen Wesen? Nun – die Nonna besaß ja ein Zauberauge. Und so ein Zauberauge hat's in sich. Da kann man eben Dinge sehen und wissen, die anderen immer verborgen bleiben. Fey überraschte die Sache mit dem Zauberauge nicht. Leider wurde sie bald so neugierig zu erfahren, was dieses Zauberauge alles im Stande war zu wissen, dass sie die arme Nonna völlig verrückt machte. „Was denkt der Baum jetzt, Nonna? Was denkt dieses Blatt? Bitte frag das Zauberauge."

Außer ihrem Zauberauge hatte die Nonna noch eine Eigenart. Wenn merkwürdige, unerklärliche Dinge passierten, sagte sie immer: „Sag nie, das gibt es nicht!"

„Das Piglet hat sich gerade gerührt!" – „Das gibt es nicht."

„Die Rose hat mich angelacht!" – „Das gibt es nicht."

„Der Apfel hat gesagt, er will nicht, dass ich ihn esse." – „Das gibt es nicht."

Man könnte eine lange Liste von solchen Sachen aufzählen, auf die die meisten Erwachsenen mit „Das gibt es nicht" antworten, und wenn die Nonna nicht wäre, dann würde auch die kleine Fey irgendwann so werden wie fast alle Leute. Sie würde nämlich auch bald glauben, dass die meisten Dinge in unserem Leben unmöglich sind.

Aber kehren wir zum Piglet zurück. Die Nonna musste sich

am Telefon mehrmals anhören, dass sich das Piglet im Korb bewegt hatte. Und immer wieder wurde das Zauberauge gefragt: „Wieso denn? Warum denn? Und was geschieht denn in diesem Korb, wenn es dunkel ist und der Deckel zu ist?" Das Zauberauge sagte: „Vielleicht nichts. Vielleicht geschieht sehr viel. Natürlich, wenn er offen ist, dann kann alles Mögliche passieren." Und den Deckel hatte Fey ja gerade geöffnet, als das Piglet sich bewegt hatte. Die Nonna hatte keine Scheu zu sagen: „Tja, möglich ist alles."

Fey begann nachzudenken. Sie dachte über das Piglet und die anderen Tiere nach. Und dass sie selbst nicht gerne in einem Korb eingesperrt wäre, den ganzen Tag und die ganze Nacht. Aber wenn man sieben Jahre alt ist, dann denkt man über solche Dinge nicht allzu lange nach, denn es geschieht immer so viel Aufregendes, dass man schnell abgelenkt wird. Trotzdem war der Korb mit einem Mal wichtig geworden. Er stand nicht mehr so unbemerkt in der Ecke wie früher. Hie und da öffnete Fey ihn ganz plötzlich, nur um nachzusehen, ob sich das Piglet oder ein anderes Tier bewegte. Leider war das lange Zeit nicht mehr der Fall. Und so geriet die ganze Sache in Vergessenheit. Das nächtliche Getuschel und Gemurmel im Korb aber blieb. Manchmal hörte Fey es knapp vor dem Einschlafen, wenn alles ganz still war. Aber sie dachte sich, das seien wahrscheinlich die Mäuse auf dem Dachboden über ihrem Zimmer.

Eines Abends im Mai, es war ein wunderschöner, klarer Abend und eine ganz zarte Mondsichel zeigte sich am Himmel, da stand das Fenster halb offen und ein warmes Lüftchen wehte in den Raum. Fey lag im Bett und dachte darüber nach, warum es denn so schwer war einzuschlafen, wenn man noch gar nicht müde war. Die Erwachsenen, die hatten es gut. Die sagten einfach: „So, jetzt bin ich müde", und dann gingen sie schlafen. Manchmal war es früher, manchmal war es später. Wie es ihnen eben gerade passte. Fey war nie müde. Jedenfalls nicht, wenn sie schlafen gehen musste, wo sie doch noch so wunderbare Ideen zum Spielen hatte oder zum Bücheransehen. Es war einfach gemein. Sie bekam zwar kurz vor dem Schlafengehen etwas vorgelesen oder vorgesungen, aber das war immer viel zu kurz.

Der Korb in der Fensterecke war offen geblieben. Warum? Tja, an diesem Abend wollte Fey Leone, Leoncino und Leoncina bei sich im Bett haben. Und nachdem sie Leoncino, der ganz tief unten lag, herausgefischt hatte, hatte sie vergessen den Korb zuzumachen.

Es raschelte im Korb. Und Fey dachte an die Mäuse auf dem Dachboden. Und plötzlich gab es da immer mehr und mehr Mäuse. Und sie liefen überall herum und piepsten und purzelten übereinander. Und dann war Fey eingeschlafen.

Aus dem Korb aber sahen plötzlich ganz oben am Rand die rosa Ohren des Piglet heraus. Immer höher kamen sie, bis der ganze Kopf über den Korbrand herauslugte. Das Piglet blickte nach rechts und nach links, aber es konnte nichts Gefährliches bemerken. Nichts war zu hören, außer dem ruhigen Atmen, das von Feys Bett kam. „Gut", dachte das Piglet und sprang mit einem mutigen Satz auf das Fensterbrett. Der Mond erleuchtete den Hof draußen ganz hell und das Piglet bemerkte plötzlich, wie groß die Welt war. Immer größer war sie geworden. Zuerst war da die kleine Welt im Korb gewesen. Dann gab es die größere Welt im Zimmer. Aber jetzt, da hinauszuschauen, in die ganz große Welt des Hofes, das war wunderbar. So viel war da auf einmal zu sehen. Da gab es zum Beispiel zwei Bäume. Ja, also Bäume hatte das Piglet noch nie gesehen. Dass der Himmel, auf dem der Mond stand, kein bemaltes Stück Papier war, wusste das Piglet auch nicht. So, wie viele Kinder nicht wissen, dass die kleinen Sterne, die am Himmel stehen, viel, viel größer als unsere ganze Erde sind, und dass sie nur so klein erscheinen, weil sie so weit weg sind. Das Piglet aber war so verwundert über alles, was es unter sich sah, dass ihm der Mond noch gar nicht aufgefallen war.

Es wollte weitergehen, stieß aber mit dem Kopf an etwas an, das ganz unsichtbar war. Das Piglet schüttelte sich. Was ist denn das, man kann durchsehen, aber nicht durchgehen? Jedes Kind weiß natürlich, dass das Glas ist. Ich meine Fensterglas. Aber wie sollte das Piglet das wissen? Fey hatte es ihm jedenfalls nicht gesagt. „Eigentlich gar nicht schön von Fey", dachte das Piglet. „Sie weiß doch so viel, und uns armen Tieren erzählt sie nie etwas davon. Wie sollen wir dann gescheiter werden? Na ja, aber was macht man jetzt? Da unten war die ganze Welt. Aber wie könnte man dort hinkommen?" Das Piglet untersuchte das Glasfenster. Da bemerkte es, dass ein bisschen weiter vorne ein Spalt war, durch den man durchgehen konnte. Dann waren rechts und links wieder so durchsichtige harte Dinger. Dazwischen aber spürte das Piglet plötzlich das leise Lüftchen, das hereinwehte, und es folgte dem Lüftchen weiter und weiter. Dann kam eine kleine Stufe und dann – fiel es. Das Piglet fiel und fiel und das Lüftchen trug es über den Hof und setzte es sanft auf einen großen Sandhaufen. Plumps, machte es trotzdem und erschreckte das Piglet sehr.

Wo war es nur? Feys Bett war nicht mehr zu sehen. Und auch das durchsichtige harte Etwas war nicht mehr da. Stattdessen hatte das Piglet diese „gepünkteten" Dinger unter den Füßen, auf denen man schecht laufen konnte und die die Füße ganz schmutzig machten. Das Piglet arbeitete sich vorwärts, und plötzlich ging es bergab. Es begann zu rutschen und zu schlittern und dann kollerte es noch ein Weilchen bergab und schließlich war es am Boden angelangt.

Das Piglet rappelte sich auf. Und jetzt sah es, wie hoch der Sandhaufen war, den es heruntergerutscht war. Riesengroß ragte er hinauf. Das Piglet hatte sich aber nun einmal entschieden, die weite Welt zu erforschen, und so ging es tapfer weiter auf eine große hölzerne Wand zu. Natürlich wusste das Piglet nicht, dass die große Wand zu einer Scheune gehörte, denn dazu war es noch zu jung und unerfahren. Aber auch für Fey war diese Wand so riesengroß, dass man kaum den Himmel darüber sah. Neben dem großen Scheunentor gab es noch eine kleine Türe, die man benutzte, wenn man nicht mit einem großen Traktor oder Heuwagen hineinfahren musste, wie das die Bauern früher getan hatten. Feys Vater aber war kein Bauer, sondern ein Diplomat. Diplomaten fahren aber nie mit Traktoren oder Heuwagen in die Arbeit, sondern mit ganz gewöhnlichen Autos. Das bedauerte Fey sehr. Aber hie und da durfte sie auf einem dieser aufregenden Fahrzeuge mit einem Nachbarbauern mitfahren, was einfach herrlich war.

Als das Piglet vor der Holzwand stand, dachte es gar nicht lange darüber nach, wie hoch diese Wand in die Luft ragte. Viel näher liegend schien es ihm, nach einem Spalt am Boden zu suchen, durch den man sich durchzwängen konnte. „Hindernisse", sagte die Nonna immer, „sind dazu da, dass man sie überwindet." Das war auch so einer von Nonnas berühmten Sprüchen.

Das Piglet wusste Dinge, die auch manche Erwachsene nicht wissen, denn es war ein sehr eifriger Zuhörer. Was zum Beispiel die Schildkröten im Korb über Hindernisse erzählten, wie sie gelernt hatten, immer geradeaus zu laufen, auch wenn es über Stock und Stein und Berg und Tal, durch Bäche und über Zäune ging, das war ja abenteuerlich. Im Korb konnte man jedenfalls die seltsamsten Dinge lernen. Jetzt kam dem Piglet sehr zugute, dass es immer zugehört hatte, und schwupp, hatte es auch schon einen Spalt gefunden, durch den es schlüpfen konnte. Der Boden war gerade dort nicht sehr sauber, und als das Piglet die andere Seite der Holzwand erreicht hatte, war es nicht mehr rosa, sondern erdfarben. Das versetzte das Piglet aber eher in Begeisterung, weil es mit seinem schönen Rosa sowieso nicht sehr zufrieden war. Erdbraun fühlte es sich hingegen sehr wohl. In der Scheune war es ganz dunkel, denn hier schien der Mond nicht herein. Das Piglet fürchtete sich aber nicht vor der Finsternis. Finster war es ja auch im Korb meistens, sogar bei Tag. Wenn ein Tier an die Finsternis gewöhnt ist, dann werden seine Augen so gut wie Katzenaugen. Und das weiß ein jedes Kind, dass eine Katze im Dunkeln besser sieht als ein Mensch.

Das Piglet hörte ein seltsames Rascheln. Das klang so, als würden Tiere herumspringen. Aber es war nichts zu sehen. Der Boden war hier weicher als in Feys Zimmer. Und die Füße des Piglets machten beim Gehen kaum ein Geräusch. Da war eine offene Türe. Dahinter wurde das Rascheln noch lauter. Dann hörte das Piglet, dass das kein gewöhnliches Rascheln war. Es waren Stimmen, und zwar Stimmen, die der Stimme von Cäsar, dem Stoffhasen, sehr ähnlich waren. Das Piglet hatte keine Angst und ging weiter. Da kam es plötzlich zu einer Art Brettertüre, unter der man aber sehr leicht durchkriechen konnte. Und dahinter, mitten im Stroh, saßen zwei wunderschöne, große, lebendige Hasen, die mehr als erstaunt waren, als sie das Piglet sahen. „Entschuldigen Sie", sagte der eine von ihnen, „aber wer sind Sie eigentlich? Und woher kommen Sie jetzt, mitten in der Nacht?"

Das Piglet versuchte zu erklären, dass es ein Spielzeug sei und Fey gehöre. Aber die Hasen hatten keine Ahnung, was ein Spielzeug war. Sie sahen einander an und schüttelten die Köpfe. „Also Spielzeug", sagte das Piglet, „ist so etwas, womit man spielen kann." Aber es war nicht sicher, ob die Hasen das verstehen würden. „Ach", sagte der eine, „dann sind wir zwei auch Spielzeuge, denn wir spielen miteinander." „Stimmt", sagte das Piglet, denn es kannte den Unterschied zwischen einem Stofftier und einem wirklichen Tier noch nicht. „Ich zeig dir etwas", sagte einer der Hasen und machte einen schönen Sprung über den anderen Hasen. „Das nenne ich spielen." Darauf machte der andere Hase einen Riesensatz und sprang über das Piglet. „Oh", rief das Piglet, nachdem es sich von dem Schreck erholt hatte. „So etwas kann ich leider nicht, weil meine Beine zu kurz sind. Dafür aber kann ich Berge herunterrutschen und durch die Luft fliegen."

Dann musste das Piglet erzählen, wie es aus Feys Zimmer in die Scheune gekommen war. Die beiden Hasen hörten gespannt zu. Doch der eine stellte dann die Frage: „Tja, und kannst du auch wieder hinauf zu Fey und den anderen Spielsachen zurückfliegen?" Darauf wusste das Piglet keine Antwort. Nachdem es etwas nachgedacht hatte, sagte es: „Ich werde es versuchen!" Aber das klang sehr kleinlaut. Piglet begann Angst zu haben, dass es vielleicht nie mehr zu Fey zurückfinden würde. „Na ja", sagte der eine Hase, „das ist nicht so schlimm. Fey kommt ja jeden Tag und besucht uns. Und wenn sie dich hier findet, wird sie dich einfach mitnehmen." „Gott sei Dank", sagte das Piglet erleichtert.

„Könnt ihr eigentlich fliegen?" Da lachten die Hasen, und der eine sagte: „Nein, Gott sei Dank, fliegen können wir nicht." Das Piglet wollte wissen, wer denn eigentlich fliegen konnte. Fey vielleicht? „Nein, nein", sagte der andere Hase, „fliegen können nur die Vögel." „Vögel", dachte das Piglet. Aber es wusste nicht, was ein Vogel war, denn bei

Tag war es noch nie außerhalb des Zimmers gewesen. Dann aber fiel ihm Jakob der Rabe ein. Und es dachte an seine Erzählungen von Flügen über die Felder zu anderen Raben, die er kannte und manchmal besucht hatte, bevor er zu Weihnachten als Geschenk bei Fey gelandet war.
„Morgen früh", sagte der eine Hase, „kannst du Vögel sehen. Es gibt viele hier, besonders im Garten." Und er zeigte mit der Pfote auf eine kleine Tür, die hinaus ins Freie führte. „Ach, das ist ja alles so aufregend", piepste das Piglet, „aber wo soll ich denn heute schlafen, wenn ich nicht mehr zu Fey zurück kann?" „Du bleibst einfach bei uns", sagten die beiden Hasen auf einmal. „Hier im Stroh ist es doch sehr gemütlich." Das Piglet sah sich um und fand es wirklich gemütlich.
„Also dann", sagte es und gähnte, „darf ich mich dort in die Ecke legen? Ich bin so schrecklich müde." Die Hasen gruben in einer Ecke ein hübsches Loch ins Stroh, deckten das Piglet mit ein wenig Heu zu und gingen dann selbst schlafen.

Fey aber hatte schlechte Träume. Immer wieder rief das Piglet: „Hilfe, Fey! Hilf mir doch!", bis sie aufwachte und Licht machte. Alles war still im Haus. Ihre Eltern schliefen schon, nur der Mond stand noch leuchtend am Himmel. Fey stieg leise aus ihrem Bett und schlich zum Korb mit den Stofftieren. Sie suchte nach dem Piglet. Dabei wühlte sie darin herum, und je mehr sie suchte, desto aufgeregter wurde sie. Das Piglet war nicht zu finden. Natürlich machte sie bei dieser Suche Lärm. Und plötzlich stand ihr Vater im Zimmer und sagte: „Aber Fey, was machst du denn da mitten in der Nacht?" Da lief Fey in seine Arme und erzählte ihm schluchzend von ihrem Traum und dass sie das Piglet nicht finden konnte.

„Aber Fey", sagte der Vater, „geh jetzt wieder ins Bett. Dem Piglet ist sicher nichts passiert. Morgen früh können wir dann zusammen suchen, weine nicht mehr. Es kann ja nicht verschwinden. So, jetzt aber schnell zurück ins Bett. Husch, husch! Und die Augen zu. Du wirst sehen, dass das Piglet morgen früh wieder da sein wird."

Bald war Fey wieder eingeschlafen und es wurde still im Haus. Nur im Korb gab es noch Geflüster unter den Tieren. Denn natürlich machten sich alle Sorgen um das Piglet. Sie hatten ja gesehen, wie es aus dem Korb gestiegen war. Aber was ihm nachher zugestoßen war, das wussten sie nicht.

Noch bevor es wieder Tag wurde, stiegen der Panda, die Maximaus und ein Teddybär leise aus dem Korb und versuchten zum Fenster hinaufzusteigen. Dort hatten sie das Piglet zum letzten Mal gesehen. Nur dem Panda gelang es hinaufzuklettern, und er berichtete den anderen, die gespannt zu ihm hinaufsahen, was er durch die Fensterscheiben sah.

„Ach, das müsst ihr euch ansehen", flüsterte er ganz aufgeregt, „nein, was es da alles gibt! Da draußen ist die ganze Welt!" Er konnte sich nicht satt sehen. Da beschlossen die

Tiere, eine Leiter zu bauen, damit alle einmal die ganze Welt besehen konnten. Das war leichter, als man glauben würde, denn das Giräffchen ließ alle über seinen Hals marschieren. Und während es einfach den Kopf auf das Fensterbrett legte, konnten die anderen hinausschauen. War das ein Auf und Ab! Aber schließlich, als es am Himmel schon ein wenig hell wurde, waren alle Tiere wieder im Korb. Und als später Feys Mutter ins Zimmer kam, war alles still, als sei nichts geschehen. „Aufstehen, kleiner Schlafsack", sagte Feys Mutter, „es ist Zeit, sonst kommst du zu spät in die Schule." Das Erste, was Fey sagte, als sie die Augen öffnete, war: „Mama, wo ist das Piglet?" „Ich weiß nicht", sagte die Mutter, „wahrscheinlich dort, wo du es zuletzt hingelegt hast." Diese Antwort zeigt nur, dass Feys Mutter ständig Dinge suchen musste, die Fey gedankenlos irgendwo liegen ließ.

„Wo hab ich nur das Piglet das letzte Mal gesehen?", fragte sich Fey. Leider gab es so viele Plätze, die dafür in Frage kamen. Fey setzte sich ans Fenster und dachte nach. Sie erinnerte sich daran, dass das Piglet sich einmal im Korb bewegt hatte. Könnte es sein, dass das Piglet allein weggelaufen war? Aber nein, Stofftiere laufen doch nicht davon, oder? Jetzt begann Fey fieberhaft zu suchen. Unter dem Bett waren ihre großen Spielzeugkisten. Vielleicht hatte sich das Piglet dort verkrochen. Nein, da war es auch nicht. Eine seltsame Angst stieg in Fey auf. Hatte ihre Mutter kürzlich, als Feys Zimmer wieder einmal ganz schrecklich unordentlich aussah, nicht gewarnt, sie würde alle Spielsachen armen Kindern schenken? Hatte sie vielleicht das Piglet hergeschenkt? Fey lief zur Treppe und schrie ganz laut: „Mama, Mama, hast du das Piglet einem anderen Kind geschenkt?" Die Stimme ihrer Mutter klang beruhigend von der Küche her. „Aber nein, wie kommst du denn darauf? Komm, geh dich waschen und zieh dich schnell an, Fey, sonst kommst du zu spät." Fey war zwar beruhigt, dass ihre Mutter das Piglet nicht hergeschenkt hatte. Aber wo war es dann?

Während des Frühstücks kam Kathi, und Fey sagte ihr gleich, dass das Piglet verschwunden sei, und fragte, ob sie es irgendwo gesehen habe. Aber Kathi hatte nichts gesehen. „Ich schau schon nach", sagte Kathi beruhigend, „geh jetzt nur, ich werde es sicher finden." Fey gab ihr darauf schnell einen Kuss und war auch schon auf und davon in Richtung Schule.

Den ganzen Tag war Fey unaufmerksam und nervös, sodass der Lehrer sie fragte: „Fey, was ist heute mit dir los? Du denkst doch gar nicht an das, was du tust. Schau dir einmal diesen Buchstaben an. Das soll ein ‚N' sein? Das kann doch niemand erkennen. Also bemüh dich doch ein wenig!" Fey sagte nichts und bemühte sich. Aber sie konnte nur immerzu an das Piglet denken. Wo konnte es bloß sein? Ihre Unruhe war umso eigenartiger, als Fey das Piglet machmal tage-, ja auch wochenlang nicht ansah. Ja, sich gar keine Gedanken machte, ob es da war oder nicht. Konnte es sein, dass sie einfach spürte, dass das Piglet Hilfe brauchte? Jedenfalls lief Fey nach der Schule in Windeseile nach Hause.

Es war eine arge Enttäuschung, als Fey von ihrer Mutter erfahren musste, dass weder sie noch Kathi das Piglet hatten finden können. Fey brachte ihre Schulsachen in ihr Zimmer und zog ihre älteste Latzhose an, die mit der großen Tasche vorne, und ihre Stiefel. Dann ging sie in den Hof hinaus.

Sie sah zu ihrem Fenster hinauf und überlegte, ob das Piglet vielleicht aus dem Fenster gefallen sein könnte. Jedenfalls lag das Piglet nicht unter dem Fenster. Gerade als Fey wieder zurück ins Haus gehen wollte, kam die Katze über den Hof auf sie zu.

Jetzt muss ich etwas von dieser Katze erzählen, denn sonst versteht man vieles nicht, was mit dieser seltsamen Katze zusammenhängt.

Als Fey mit ihren Eltern noch in der Stadtwohnung wohnte, kam ihr Vater eines Tages mit einem Korb nach Hause, in dem eine Katze lag. Keine kleine Katze, sondern eine wunderschöne große Katze. Eine Katze mit langen seidigen Haaren und großen grünen Augen, die dich anstarrten, als wärst du ein schreckliches Wesen, vor dem man sich fürchten musste. „Das arme Kätzchen", hatte Feys Vater gesagt, „es ist schrecklich schlecht behandelt worden von seinen früheren Besitzern. Eine Schande ist so etwas. Dann ist es

in einem Tierheim gelandet. Als mir das jemand im Büro erzählt hat, bin ich gleich zum Tierheim gefahren und habe mir diese Katze angesehen. Ganz verschreckt saß sie in einer Ecke und hat gefaucht, sobald sich jemand näherte. Die Wärterin im Tierheim hat mir gesagt, mit dieser Katze würde ich noch Sorgen haben. Aber ich hab sie trotzdem mitgenommen. Wir müssen nur Geduld mit ihr haben und lieb zu ihr sein. Vor allem Fey darf sie nie erschrecken. Schrecken hat sie nämlich schon genug gehabt. Sie hat einen sehr seltsamen Namen – Schuschila. Wie sie zu diesem Namen kam, konnte mir niemand sagen."

Fey war von dem Namen ganz verwirrt – „Schuschila,

Schuschila", murmelte sie immer wieder und sah die Katze an. Jetzt waren ihre Augen plötzlich blau, wie die Augen der Siamkatzen, aber ihr Fell hatte die Farbe von grauem Filz und dunklem Nerz. Es war buschig und glatt zugleich. Es war glänzend und doch an manchen Stellen matt. Nein, so ein seltsames Fell hatte noch niemand in der Familie gesehen. Es war eine Katze wie keine andere Katze, geheimnisvoll und etwas unheimlich.

Fey sah die Katze an und die Katze fauchte. Dann machte sie einen Buckel und fauchte noch mehr. „Schuschila", sagte Fey mit Angst in der Stimme und ging ein paar Schritte zurück. Das war gut so, denn Schuschila machte einen riesigen Satz aus dem Korb, als man das Türchen öffnete, und lief über das Sofa in die finsterste Ecke dahinter. Den Rest des Abends war sie nicht dazu zu bewegen herauszukommen und fauchte, sobald sich ihr jemand näherte. Es dauerte viele Wochen, ja insgesamt fünf Monate, bis sich Schuschila an ihre neuen Besitzer gewöhnt hatte.

In diese Zeit fiel auch der Umzug der Familie aus der Stadtwohnung in das Bauernhaus auf dem Land. Es war eine große Frage, ob Schuschila nicht bei der ersten Gelegenheit davonlaufen würde, um nie mehr wiederzukehren. Man wusste ja nie, was sie dachte. Für Schuschila aber begann mit dem Haus auf dem Land ein neues Leben. Es schien fast, als hätte sie endlich ihre ganze Angst vergessen. Sie spazierte gleich im Hof und in der Scheune herum und inspizierte den Keller, und wenn sie auch nie eine Maus brachte, hatten alle das sichere Gefühl, Schuschila sei endlich glücklich.

Als Schuschila nun quer über den Hof auf Fey zukam, sah sie so aus, als wollte sie Fey dringend etwas sagen. Sie strich um Feys Beine herum und miaute leise, dann lauter, plötzlich drehte sie sich um und lief wieder zur Scheune, woher sie gekommen war. Fey folgte Schuschila, und je schneller die Katze lief, desto aufgeregter wurde Fey. In der Scheune verschwand Schuschila für einen Moment. Fey entdeckte sie wieder, wie sie zwischen den Hasen hin- und hersprang. Die Hasen fanden das sehr seltsam, setzten sich auf und hielten die Pfoten wie Eichhörnchen, wenn sie Nüsse essen. Fey machte die Tür zum Hasenstall auf und schloss sie hinter sich schnell wieder zu, damit die Hasen nicht entwischen konnten. Schuschila sprang in die hinterste Ecke und schrie: „Miau, miau." „Was ist denn mit dir los?", fragte Fey und folgte der Katze. „Miau", sagte Schuschila noch einmal. Und jetzt sah Fey die kleinen rosa Öhrchen des Piglet, die aus dem Stroh hervorlugten.

War das eine Freude! Statt das Piglet aus dem Stroh zu holen, stürzte sich Fey erst auf Schuschila, hob sie auf, streichelte sie und sagte immer wieder: „Schuschila, mein gutes Katzilein, braves Schuschilein", und küsste sie auf das seidige Fell. Schuschila hatte solche Liebesbezeugungen nicht sehr gern und entkam schließlich mit einem riesigen Satz Feys Umklammerung. Dann fischte Fey das Piglet aus dem Stroh, drückte es an ihre Brust und sagte: „Piglet, wie bist du denn hierher gekommen? Wie denn? Kannst du denn alleine laufen?" Aber das Piglet sagte nichts. Denn bei Tag, wie ja jeder weiß, sind Stofftiere stumm.

Fey allerdings konnte die Gedanken des Piglet erraten, auch wenn keine Worte gesprochen wurden. Mit einem Mal wusste sie, dass das Piglet nur in der Nacht entkommen sein konnte und dass es ganz allein in die Scheune gelaufen war. Sie drückte es fest an sich und murmelte: „Wenn du nur reden könntest, mein kleines Piglet, du könntest mir das alles erzählen."

Als Fey mit dem Piglet in die Küche kam, sagte Kathi, die gerade Teig für Kekse ausrollte: „Du hast ihn ja gefunden! Ja, wo war er denn?" „Das Piglet ist ein ‚es', Kathi. Weißt du, es ist kein ‚er' und es ist keine ‚sie', das ist sehr wichtig."

„Also wo war es? Das will ich wissen." „Im Hasenstall war es, im Stroh versteckt. Gelt, da schaust du. Und die Schuschila hat es mir gezeigt." „Die Schuschila?", fragte Kathi verwundert. Und Feys Mutter, die vom Wohnzimmer her alles mitgehört hatte, sagte: „Fey weiß eben Dinge, die wir nicht wissen können, Kathi, das musst du verstehen." Ob sie das nun wirklich ernst meinte oder nur im Scherz, wusste Fey nicht. Aber es war auch nicht wichtig. Wichtig war, dass das Piglet wieder da war.

Fey trug das Piglet in ihr Zimmer und öffnete den Korb, in dem ihre Tiere wohnten. Darin schien alles irgendwie anders als sonst. Gewöhnlich lagen die Tiere kunterbunt durcheinander, aber jetzt hatten sie alle die Köpfe nach oben gerichtet, gerade so, als warteten sie auf etwas. Das sah so lustig aus, dass Fey ganz verblüfft war. Sie hatte das Gefühl, dass sie etwas sagen musste. Also sagte sie: „Da ist jetzt das Piglet wieder. Die Schuschila hat es gefunden. Da habt ihr es wieder." Und damit setzte sie das Piglet mitten in den Korb und machte den Deckel schnell wieder zu. „So leicht kannst du jetzt nicht mehr davonlaufen", dachte sie und horchte noch ein wenig, ob aus dem Korb irgendwelche Geräusche kamen, aber da war alles still.

Fey bat ihre Mutter, Schuschila doch etwas Besonderes zum Essen zu geben, um sie zu belohnen. Also bekam Schuschila ein kleines Tellerchen Hackfleisch, was sie sehr liebte. Fey erzählte ihrer Mutter noch einmal, wie sie das Piglet gefunden hatte. Und als ihre Mutter verwundert den Kopf schüttelte, fragte Fey: „Glaubst du, dass Schuschila wirklich eine Katze ist?" Feys Mutter sagte: „Ja, was sollte sie denn sonst sein?" „Na ja", sagte Fey und runzelte dabei die Stirn, „sie könnte doch eine verzauberte Katze sein, wie im Märchen, weißt du, so eine verzauberte Prinzessin zum Beispiel." Da lachte die Mutter und sagte: „Ja, ein bisschen kommt es mir schon vor, als wäre sie verzaubert, weil sie mich oft so seltsam ansieht. Aber ich glaube doch, dass sie nur eine Katze ist." Fey aber gefiel die Idee, dass Schuschila eine verzauberte Prinzessin war, so gut, dass sie die Antwort ihrer Mutter nicht ernst nahm. Schließlich fanden auch alle Besucher, dass Schuschila etwas Besonderes war. Und alle, sogar Feys Vater, hatten eine gewisse Scheu vor ihr. Wenn nun aber Schuschila eine verzauberte Prinzessin war, dann verstand sie doch sicher alles, was die Menschen redeten und taten und es fehlte ihr eben nur die Sprache, denn alles, was sie sagen konnte, war „miau". Natürlich gab es verschiedene „Miaus", eines, wenn sie hungrig war, und eines, wenn sie satt war, eines, wenn sie gestreichelt werden wollte, und eines, wenn sie das nicht wollte. Fey entschloss sich, nun viel mehr mit Schuschila zu reden. Vielleicht würde sie dann eines Tages zufällig das Zauberwort sagen und Schuschila erlösen, sodass sie wieder eine Prinzessin sein konnte.

Als Fey Nonna am folgenden Tag anrief, sagte sie: „Nonna, frag das Zauberauge doch, ob Schuschila eine verzauberte Prinzessin ist." Die Nonna, die Schuschila zwar kannte, aber noch nie mit ihr Freundschaft geschlossen hatte, überlegte einen Augenblick und sagte dann: „Das Zauberauge sagt mir gar nichts. Also glaube ich, dass es möglich ist, sonst hätte das Zauberauge sofort nein gesagt." Fey war mit der Antwort nicht sehr zufrieden. „Nonna, du musst unbedingt bald kommen, dann wird das Zauberauge, wenn es die Schuschila sieht, gleich wissen, ob sie verzaubert ist. Außerdem muss ich dir viele Sachen vom Piglet erzählen, wie es verschwunden ist und wie die Schuschila es gefunden hat."

Dann, eines Tages, nicht allzu lange nach diesem Telefongespräch, kam die Nonna. Bald nach ihrer Ankunft sah sie auch Schuschila und bemerkte sofort, wie sich die Katze verändert hatte, seit sie sie zum letzten Mal gesehen hatte. Schuschila war nicht mehr das verschreckte Kätzchen, das die Nonna in der Stadtwohnung kennen gelernt hatte. Jetzt war sie so selbstbewusst und elegant, dass die Nonna denken musste, sie sei vielleicht wirklich eine Prinzessin.

Am ersten Abend bei Fey hörte die Nonna die ganze Geschichte vom verschwundenen Piglet, und sie staunte sehr über all die aufregenden Ereignisse. Am meisten aber staunte sie darüber, dass Fey das Piglet im Hasenstall gefunden hatte und dass Schuschila Fey dieses Versteck gezeigt hatte. Dass Hunde jemanden zu einer Stelle führen konnten, wo sich ein Kind verlaufen hatte oder etwas verloren wurde, das wusste die Nonna, aber dass eine Katze so etwas tat, das war ihr ganz neu. Jedenfalls war die Nonna sehr beeindruckt. Dann sagte sie: „Wie ist nur das Piglet in den Hasenstall gekommen?" Aber das wusste niemand, außer dem Piglet selbst natürlich und den Tieren im Korb, denen das Piglet alles erzählt hatte.

Als Fey zu Bett ging, holte die Nonna das Piglet aus dem Korb und setzte es auf Feys Kopfkissen. „Lustig sieht es aus", sagte Fey, „schau einmal, wie es lacht." Ja, das Piglet lachte, wenn man das auch nicht hören konnte. „Es sieht nicht nur lustig drein, sondern unternehmungslustig", sagte die Nonna.

„Glaubst du, dass das Piglet in der Nacht aus dem Fenster gesprungen ist?", fragte Fey. Die Nonna schüttelte den Kopf. „Das kann ich mir nicht gut vorstellen. War denn das Fenster offen?" „Ja", sagte Fey, „aber nur einen Spalt." „Hmm", meinte die Nonna, „das kommt mir doch sehr seltsam vor. Aber wer weiß?" „Frag doch einmal das Zauberauge", sagte Fey. Daraufhin schwieg die Nonna eine Zeit lang. Dann sagte sie mit einer ganz anderen Stimme, so, als wäre es gar nicht die Nonna, die da redete: „Das Zauberauge sagt, das Piglet ist allein aus dem Fenster gesprungen."

Im Zimmer brannte nur eine kleine Lampe und Fey setzte sich auf, damit sie das Gesicht der Nonna besser sehen konnte. „Hat das Zauberauge immer Recht, Nonna?", fragte Fey und die Nonna nickte. „Dann könnte das Piglet ja noch einmal davonlaufen, nicht wahr?" Die Nonna nickte wieder und blickte sehr nachdenklich drein.

„Nonna, können die anderen Stofftiere auch davonlaufen?" „Sicher", sagte die Nonna leise, mit einer Stimme, die man die Einschlafstimme nennen könnte, denn Fey hörte diese Stimme immer nur knapp vor dem Einschlafen. Manchmal konnte diese Stimme Lieder singen, aber nicht so, wie man am Tag Lieder singt, lustig und laut, sondern so weich wie warmes Wasser, wenn man in der Badewanne sitzt. Bei dieser Stimme schlief Fey ein, sodass die Nonna noch eine Weile weitersprach, bevor sie bemerkte, dass Fey gar nicht mehr zuhörte. Dann schlich sie leise aus dem Zimmer.

Als sie zu Feys Vater und Mutter ins Wohnzimmer kam, machte sie ein so nachdenkliches Gesicht, dass Feys Vater fragte: „Ist etwas geschehen? War Fey schlimm?" Die Nonna schüttelte den Kopf. Darauf sagte Feys Vater: „In diesem Haus geschehen schon seltsame Dinge, findest du nicht auch?" Die Nonna antwortete nur: „Es ist ein gutes Haus, Kind, ja, ein gutes Haus." Nonnas Sohn musste immer lachen, wenn er Kind genannt wurde, wo er selbst doch schon sieben Jahre Vater war. Aber so ist das eben, solange man Eltern hat, wird man immer Kind bleiben, denn diese Eltern sind die einzigen Menschen, die genau wissen, wie das war, als man noch ganz klein war.

Manchmal, wenn Fey schlimm war und ihr Vater verärgert zu ihr sagte: „Mein Gott, Kind, was wirst du als Nächstes anstellen?", sagte Fey frech: „Die Nonna sagt auch Kind zu dir. Du bist auch ein Kind", und lachte verschmitzt dabei, sodass ihr Vater nicht weiter böse sein konnte.

Die Nonna blieb nur drei Tage, aber in den drei Tagen hörte sie alles, was sich Fey so dachte, wenn sie ihre Stofftiere ansah, jetzt, nach der Sache mit dem Piglet. Die Tiere wurden nicht mehr so achtlos in den Korb geworfen. Jetzt saßen sie alle aufrecht und sahen einen an, wenn man den Deckel öffnete. Sie waren plötzlich alle wichtig geworden. Ja, sie waren geheimnisvoll geworden, denn wenn das Piglet allein bis in den Hasenstall gelangen konnte, so konnten das doch die anderen Tiere auch.

„Gib gut Acht auf deine Tiere", sagte die Nonna, als Fey sie mit ihren Eltern zum Bahnhof brachte, „wer weiß, was noch alles passieren wird." Fey hatte ein lustiges Lachen in den Augen, als sie heftig nickte. „Glaubst du, es wird etwas geschehen?" „Vielleicht", sagte die Nonna, und dann fuhr ihr Zug auch schon davon.

Noch mehr als über ihre Stofftiere dachte Fey über Schuschila nach. War sie nun wirklich eine verzauberte Prinzessin? Und wenn, wie sollte sie das herausfinden, da Schuschila doch nicht reden konnte? Fey wusste aus den

Märchenbüchern und auch aus Nonnas Geschichten, dass man in solchen Fällen von Verzauberung ein besonderes Wort, manchmal auch mehrere Worte sagen musste, um den Zauber zu brechen. Manchmal genügte auch ein Kuss, wie beim Froschkönig oder dem Dornröschen. „Oh Gott, wie dumm ich bin", dachte Fey auf der Heimfahrt vom Bahnhof. „Ich hätte Nonnas Zauberauge fragen sollen." Sie sagte nichts, nahm sich aber vor, das nächste Mal, wenn sie mit der Nonna telefonierte, danach zu fragen.

Es war ein wunderschöner Tag und Fey saß im Garten und machte gerade ihre Hausaufgabe. Schuschila hatte sich neben sie ins Gras gesetzt. Da schaute Fey zu ihr hinunter und sagte leise: „Abrakadabra, sei wieder eine Prinzessin!" Leider geschah aber nichts. Schuschila gähnte genüsslich und blinzelte Fey an. „Abrakadabra, sei wieder eine Prinzessin!", sagte Fey etwas lauter. Aber auch das machte auf Schuschila keinen Eindruck. Da wurde Fey zornig, hieb mit der Faust auf den Tisch, sodass ihr Kugelschreiber in die Luft flog, und schrie: „Abrakadabra, sei wieder eine Prinzessin!" Da wurde es Schuschila ungemütlich und sie machte einen Satz in die Scheune und verschwand hinter einem Stoß aufgestapelter Holzscheite. Fey wandte sich verärgert wieder ihrer Hausaufgabe zu.
Beim Abendessen war Fey ganz still, und ihre Mutter dachte schon, „mein Gott, das Kind wird doch nicht krank werden?" Ans Krankwerden aber dachte Fey überhaupt nicht,

sondern nur daran, wie sie den Zauberspruch finden konnte, der Schuschila wieder zu einer Prinzessin machen würde. Und plötzlich fiel ihr das Piglet ein, das geheimnisvolle Piglet, das ganz allein in den Hasenstall gefunden hatte, das Piglet, das aus dem Fenster gesprungen war, das tapfere Piglet. Vielleicht wusste das Piglet den Zauberspruch? Und wenn es schon bei Tag nicht reden konnte, vielleicht war es in der Nacht gesprächig? Vielleicht auch konnte es sprechen, aber so leise, dass es für Fey unhörbar war?

„Iss doch, Fey", sagte die Mutter ungeduldig, „es wird doch alles kalt." Statt zu essen sagte Fey: „Papa, du hast mir doch gesagt, dass Tiere Dinge hören können, die Menschen nicht hören." Feys Vater antwortete: „Ja, das stimmt. Als ich noch klein war, hatten wir einmal einen Hund. Und wenn wir mit ihm in den Wald gingen, nahmen wir immer ein kleines Pfeifchen mit. Dieses Pfeifchen aber war sehr, sehr seltsam. Wenn man hineinblies, konnte man keinen Ton hören. Der Hund aber saß da, und man sah, dass er etwas hörte. Im Wald hörte der Hund immer auf den Pfiff, den wir nicht hören konnten. Also du siehst, es gibt Dinge, die ein Hund hört, wir aber nicht. Sicher ist das bei Katzen auch so." Fey dachte ein wenig nach, dann sagte sie: „Papa, können die Tiere auch mehr sehen als wir?" Feys Vater überlegte laut: „Ja, das könnte sein. Zum Beispiel könnte eine Fliege mehr sehen als wir." Fey musste lachen, aber ihr Vater hatte das ganz ernst gemeint. „Jedenfalls", fügte er hinzu, „dürfen wir nicht glauben, wir wüssten alles über die Tiere. In Wirklichkeit wissen wir sehr wenig über sie, besonders über kleine Tiere, Insekten also, Ameisen und Käfer. Wir wissen zwar, dass die Bienen und Ameisen Königinnen haben …" Da unterbrach Fey und sagte: „Königinnen? Gibt es auch Bienen- und Ameisenprinzessinnen?" Feys Vater lachte. „Ja, vielleicht gibt es die auch. Jetzt iss aber schon, bitte. Es ist spät und du musst morgen in die Schule."

So schnell und so brav ging Fey selten zu Bett wie an diesem Abend. Als sie im Bett lag, dachte sie über das nach, was ihr Vater gesagt hatte: Also könnten das Piglet und die anderen Tiere doch auch so leise sprechen, dass sie es nicht hörte? Oder irrte sie sich? Wie war das nur? Vielleicht gab es viele Geräusche da drinnen im Korb, die sie nicht hören konnte. Über diesen Gedanken schlief Fey ein, und sie träumte einen herrlichen Traum, in dem das Piglet hoch auf einem Baum saß und den Mund auf- und zumachte, ohne dass sie verstand, was es sagte. Dann aber plötzlich sprach das Piglet mit einer ganz menschlichen Stimme: „Hallo, Fey, die Schuschila ist einmal eine Prinzessin gewesen und sie wird einmal eine Königin werden. Du musst sie nur erlösen und das Zauberwort kennen. Das Rumpelstilzchen wird es dir sagen. Ich bin ja zu dumm, um mir so ein schweres Zauberwort zu merken." Und dann sprang das Piglet mit einem großen Satz vom Baum und schrie: „Kalif-Storch-Mutabor-Abrakadabra-Schnudri-Wudri-Fax!" Und der Traum war aus.

Die Sonne schien beim Fenster herein und Fey machte die Augen auf. Ihre Mutter kam gerade bei der Tür herein, um sie zu wecken. „Mama", sagte Fey, „ich habe einen komischen Traum gehabt." „Was war denn das für ein Traum?", fragte die Mutter, aber Fey wusste es nicht mehr. Er war so plötzlich weg, als hätte sie ihn nie geträumt. Nur ein paar Worte waren geblieben: Mutabor, Abrakadabra und Schnudri-Wudri-Fax. Fey murmelte die Worte vor sich hin, und da erkannte ihre Mutter, dass das Zauberformeln aus alten Märchen waren. „Mutabor?", fragte die Mutter, „kannst du dich denn nicht an das Märchen vom Kalif Storch erinnern? Das mussten doch die beiden verzauberten Störche dreimal sagen, um wieder zu Menschen zu werden." „Wieso weiß das Piglet das?" Das Einzige, was Feys Mutter zu dieser Frage einfiel, war: „Vielleicht hat es auch zugehört, wie ich dir die Geschichte vorgelesen habe." Fey nickte, so musste es gewesen sein, dachte sie. Und dann sprang sie aus dem Bett und hob den Deckel vom Korb, in dem die Tiere saßen. Das Piglet saß ganz oben und sah Fey an, aber es rührte sich nicht. Es sah aus, wie eben ein Stofftier aussieht und gar nicht so, als wäre es gerade von einem Baum heruntergesprungen. „Piglet", sagte Fey vorwurfsvoll, „warum sagst du denn nie etwas?" Das Piglet schwieg. Aber das Giräffchen, das neben ihm saß, fiel plötzlich seitwärts in die Arme des Piglet. Jetzt sah es aus, als würde das Piglet das Giräffchen umarmen, und Fey musste laut lachen. Dann klappte sie den Korb zu.

Als Fey dann im Badezimmer war, hörte ihre Mutter, wie sie laut sang: „Das Piglet saß auf einem Baum, einem Baum, einem Baum. Das Piglet saß auf einem Baum und sprang herunter. Das Ganze war ja nur ein Traum, nur ein Traum, nur ein Traum. Das Ganze war ja nur ein Traum, jetzt bin ich munter." Das ging so nach der Melodie von „Mariechen saß auf einem Stein", die Fey gut kannte. „Reimen kann sie auch schon", dachte Feys Mutter und ging vergnügt hinunter, um das Frühstück zu machen.
Den ganzen Tag lang versuchte Fey sich an den Traum zu erinnern. Aber wie das so ist mit Träumen, je länger man über sie nachdenkt, desto mehr vergisst man sie.

Einige Tage später beschloss das Piglet, noch einmal eine Reise durch die Luft zu machen, aber diesmal wollte es nicht allein auf Abenteuer gehen. Wieder schien der Mond hell ins Zimmer und wieder hatte Fey den Korb offen gelassen. Das Piglet hatte keine Mühe, auf das Fensterbrett zu kommen, und dort saß es dann und überlegte, welches von den vielen Tieren im Korb vielleicht Lust hätte, mit ihm auf ein neues Abenteuer auszuziehen. Nach langem Nachdenken fiel die Wahl des Piglet auf den Puffin, der ja schließlich ein Vogel war und also keine Angst haben würde, in die Nacht hinauszufliegen. Das Piglet sprang wieder in den Korb und suchte überall nach dem Puffin. Gleich drei große Tiere, das Krokodil, ein Teddybär und die Maximaus, saßen auf dem armen Puffin, der sich aber nichts daraus zu machen schien, denn er schlief tief und fest, sodass das Piglet ihn wachrütteln musste. Anfangs war der Puffin nicht sehr begeistert von dem Vorschlag. Aber das Piglet verstand es, ihn für seine Sache zu begeistern, und schilderte ihm alle Wunder, die er draußen im Hof und in der Scheune sehen würde. Schließlich willigte der Puffin ein und krabbelte mühsam über die anderen Stofftiere bis zum Rand des Korbes. Ein Flügelschlag genügte, um ihn aufs Fensterbrett zu heben. Und da saß er nun und blickte in die mondhelle Nacht hinaus. „Wunderbar", sagte der Puffin und dachte darüber nach, ob er vielleicht auf dieser abenteuerlichen Reise eine Puffin-Frau finden würde, weil er doch so allein war. Ja, natürlich, da waren die anderen Tiere, aber eine Puffin-Frau wäre doch das Schönste. Davon sagte er dem Piglet aber nichts, denn das Piglet sollte nicht glauben, dass das der einzige Grund war, warum er mitmachen wollte. „Kommt Zeit, kommt Rat", dachte der Puffin, man kann ja nie wissen.

Jetzt lag der Hof vor ihm mit all seinen Geheimnissen. In dieser Nacht rührte sich kein Lüftchen. Das Piglet begann sich vor dem Flug durch die Luft zu fürchten. Was wäre, wenn es nicht zum Sandhaufen hinübergetragen würde? Da würde es doch auf den harten Boden aufschlagen. Wahrscheinlich auf die Steine unter dem Fenster. Obwohl das Piglet noch keine Erfahrung mit Steinböden hatte, fürchtete es sich auf einmal. Da klang vom Hof her eine sanfte Stimme, und sie sagte: „Nur keine Angst, spring doch in das Blumenbeet, dort ist Erde, und Erde ist weich und gut."

„Woher kommt die Stimme nur", dachte das Piglet. Es konnte aber niemanden sehen, obwohl es sich weit aus dem Fenster beugte. „Dort unten sitzt die Schuschila", sagte der Puffin, der sehr gute Augen hatte, „dort im Schatten, schau doch mal."

Das Piglet legte sich auf den Bauch, um nicht hinauszufallen, und starrte in den Schatten vor dem Blumenbeet. Der Schatten kam vom alten Brunnen, auf dem man, weil er ja nicht mehr verwendet wurde, ein Blumenbeet angelegt hatte. Jetzt, bei genauerem Hinsehen, erkannte das Piglet Schuschila neben dem Brunnen. „Du musst einen großen Sprung machen", sagte die Katze, „sonst fällst du daneben." Das Piglet drehte sich zum Puffin um und fragte: „Hast du Angst, da hinunterzuspringen?" Aber der Puffin, statt zu antworten, hob seine Flügel und flog weit in den Hof hinaus. Endlich konnte er wieder fliegen. Das war so wunderbar, dass er gar nicht landen wollte und in großen Kreisen immer wieder am Fenster vorbeiflog, wo das Piglet ängstlich wartete.

„Mach einen großen Satz", rief der Puffin. Und beim nächsten Vorbeiflug sagte er: „So weit du kannst, so weit du kannst." Da nahm das Piglet allen Mut zusammen und sprang. Es sprang so weit, dass es fast über den Brunnen hinaus gesprungen wäre. „Bravo, bravo", rief die Schuschila. „Bravo", rief der Puffin, der neben dem Piglet unter den Blumen landete. Dabei kamen zwar ein paar Nelken zu Schaden, aber das bemerkte er nicht. Mit einem Satz sprang nun auch Schuschila auf das Beet und alle gratulierten einander für die gelungene Luftreise. „Bravo!", riefen auch vom Fenster her das Giräffchen und das Zebra, die den tollkühnen Sprung des Piglet mitverfolgt hatten.

Der Puffin war von seiner Luftreise so begeistert, dass er gleich noch eine Runde um den Hof flog. „Ich wollte, ich könnte auch fliegen", sagte das Piglet kleinlaut, denn es wusste, dass es ja noch einen Sprung vom Blumenbeet auf die Erde machen musste. Schuschila schnurrte ein wenig und seufzte dann: „Ach, wenn mich doch jemand erlösen könnte." Das sagte sie so vor sich hin und dachte gar nicht daran, dass das Piglet ihr ja zuhörte. „Erlösen?", fragte das Piglet. Und gleich darauf fragte auch der Puffin, der wieder gelandet war: „Erlösen? Wieso erlösen? Bist du denn verzaubert?" „Natürlich bin ich verzaubert", sagte Schuschila etwas ungehalten. „Ihr glaubt doch nicht, dass ich eine Katze bin!" Das Piglet machte ein Gesicht, wie es Kinder machen, wenn sie sich denken, oje, jetzt hab ich was Dummes gesagt. „Ja, was bist du denn?", fragte der Puffin. „Ich bin natürlich eine Prinzessin", sagte Schuschila, so als wäre jedes anständige Tier eine verzauberte Prinzessin.

„Aber wie kann man dich denn erlösen?", fragte das Piglet. „Muss man da einen Zauberspruch sagen?" Schuschila nickte traurig und meinte: „Ich weiß den Zauberspruch ja. Aber es muss ihn ein Kind, das nie einem Tier etwas Böses getan hat und das mich liebt, dreimal bei Vollmond diesen Spruch sagen. Wie soll ich denn da je erlöst werden?"

„Aber Fey ist doch ein Menschenkind, und sie liebt dich", sagte das Piglet. „Ja, ja, das weiß ich", sagte Schuschila, „aber wie soll ich ihr denn den Zauberspruch sagen? Sie versteht mich ja nicht."

Schuschila legte ihren Kopf zwischen die Pfoten und miaute leise und kläglich. Der Puffin und das Piglet sahen einander an und dachten nach. Plötzlich schrie das Piglet: „Ich hab's, ich hab's!", und zwar so laut, dass die Tiere vom Fenster herunterriefen: „Was hast du Piglet? Was hast du?" Schuschila sah das Piglet mit ihren leuchtenden Augen an und fragte: „Was hast du?"

Das Piglet aber fragte: „Wie heißt denn der Zauberspruch, Schuschila?" Schuschila sagte ihn leise, aber ganz langsam und deutlich: „Sag nie, das gibt es nicht."

„Das soll ein Zauberspruch sein?", fragte der Puffin ungläubig, „das sind doch ganz gewöhnliche Worte!" „So ist es aber. Der Zauberspruch lautet so. Ich bin ganz sicher."

„Sag, Schuschila, hat die Nonna diesen Zauberspruch nicht manchmal zu Fey gesagt?" „Ja, das ist wahr", sagte Schuschila, „aber das hilft uns doch nicht weiter."

„Wir müssen Fey einfach einen Brief schreiben!", rief das Piglet. „Wer kann denn schreiben?", fragte der Puffin, der es nie versucht hatte. Und das Piglet sagte: „Der Cäsar natürlich, der kann schreiben."

Und so kam es, dass das Piglet und der Puffin nicht auf ein großes Abenteuer in der weiten Welt auszogen, sondern zurück ins Haus wollten, denn sie hatten sich entschlossen, Schuschila zu erlösen oder zumindest Fey dazu zu bringen, es zu tun. Der Puffin flog mühelos zum Fenster hinauf. Aber für das Piglet war die Rückkehr in Feys Zimmer so nicht möglich. Von oben hörte man lautes Getuschel. Dann rief die Leoncina zum Piglet herunter: „Warte nur, Piglet, wir helfen dir!" Danach war lange Zeit nichts zu hören. Dann aber kam vom Fenster herunter ein lustiges Gebilde. Die kleine Jacke der Puppe Stupsi war an einen Strumpf von Cäsar gebunden, und daran hing eine alte Strumpfhose von Fey, die ihr schon viel zu klein war, daran wieder ein rosa Band, das wahrscheinlich einmal eine Masche einer Puppe gewesen war, und schließlich noch ein altes Paar Hosenträger, die Fey gehörten. Das Ganze war fein säuberlich aneinander geknüpft und reichte schließlich vom Fenster bis zum Boden.

Schuschila sprang rasch auf die Erde, nahm das Ende des Hosenträgers ins Maul und hüpfte mit einem Satz auf das Blumenbeet zurück. Das Piglet drehte an den beiden Enden des Hosenträgers herum, machte dann einen Knopf, stieg mit beiden Beinen in die Schlinge, die dabei entstand, und Schuschila rief: „Zieht an, da oben, aber ganz langsam, sonst fällt das Piglet aus der Schlinge heraus. Los!"

Vom Fenster her hörte man es keuchen und schnaufen. Langsam, Zentimeter um Zentimeter, schwebte die seltsame Strickleiter nach oben. Das Piglet fürchtete sich sehr, aber es hielt sich ganz fest, wenn die Leiter auch manchmal gefährlich hin- und herbaumelte. Knapp unter dem Fenster wäre die Sache noch fast schief gegangen, denn der Leone wollte seine ganze Kraft zeigen und fiel dabei nach hinten in eine offene Spielkiste. Fast hätte er das Seil losgelassen, und wer weiß, ob das Piglet dann nicht wieder zurück ins Blumenbeet gefallen wäre. Aber der Leone hielt das Seil fest. Und das Piglet konnte sich ans Fensterbrett klammern, bis es von vielen hilfreichen Armen in die Höhe gezogen wurde. Danach saß es zitternd und erschöpft am Fensterbrett.

„Gerettet!", schrien alle durcheinander. Das Piglet aber drehte sich um und rief Schuschila zu: „Danke, danke, Schuschila, wir alle werden dir helfen wieder eine Prinzessin zu werden." Schuschila miaute laut vor Freude und rollte sich glücklich mitten im Blumenbeet zusammen.

Der Puffin und das Piglet mussten die seltsame Geschichte der Schuschila allen Tieren erzählen. Als der kleine Leoncino, der auch so gerne mitgekommen wäre, das Piglet fragte, was jetzt aus dem großen Abenteuer würde, sagte das Piglet: „Zuerst müssen wir der Schuschila helfen, wieder eine Prinzessin zu werden. Auf Abenteuer können wir dann immer noch gehen."

Der Puffin war so glücklich, dass er hatte fliegen können – er hatte schon gedacht, er hätte es verlernt –, dass er auf weitere Abenteuer vorläufig gerne verzichtete.

Überhaupt waren alle Tiere so aufgeregt über das Geheimnis der verzauberten Schuschila, dass die große Welt und der Hof und der Mond und die Scheune ganz in Vergessenheit gerieten. Als das Piglet Cäsar fragte, ob er einen Brief schreiben könne, freute der sich so, dass er ganz rot wurde, gerade so, als hätte man ihn mit roter Farbe übergossen. „Also, so ganz allein kann ich das nicht", stotterte er verwirrt. „Aber unter Feys Bett steht doch das Schreibhäuschen mit den Buchstaben drin, da werde ich mir alle Buchstaben ansehen, die ich brauche." Weil Cäsar ein flotter Hase war, stürzte er sich sofort unters Bett und krabbelte dort herum.

„Vielleicht kann ich es", dachte er, denn er war von sich nicht sehr überzeugt. Aber dann, nachdem er schon viele Buchstaben gefunden hatte, wurde es draußen hell und die Tiere mussten alle schnell in den Korb. Das Piglet schlüpfte unter dem Zebra durch in eine dunkle Ecke und Cäsar krabbelte ans Fußende von Feys Bett.

Als die Mutter in Feys Zimmer kam, war das Erste, was ihr auffiel, die seltsame Leine, die aus Puppenkleidern, einem Band und ein Paar Hosenträgern bestand. Sie runzelte die Stirne. „Das kann doch unmöglich Fey gemacht haben", dachte sie, „solche kunstvollen Knöpfe kann sie doch gar nicht machen." Es war ein Rätsel. Und auch Fey, die gleich danach aufgeweckt wurde, hatte keine Erklärung dafür.

Die Tiere im Korb waren ganz still. Vom Piglet war nur ein Ohr zu sehen und Cäsar lag auf dem Bettüberwurf und sah unschuldig zur Zimmerdecke.

„Also ich weiß nicht, wem das eingefallen ist, diese lange

Leine zu machen. Wenn du nichts davon weißt, war es wahrscheinlich deine Freundin Estelle, als sie gestern bei dir war." Fey konnte sich nicht erinnern, aber sie war noch so verschlafen, dass sie sich keine weiteren Gedanken darüber machte.

Als sie in der Schulpause Estelle fragte, ob sie vielleicht Puppenkleider aneinander geknüpft habe, wurde Estelle wütend. „Immer wenn irgendetwas Dummes gemacht wird, glaubt jeder, ich bin es gewesen. Wozu sollte ich so etwas tun? Ich bin ja nicht verrückt!" Estelle sagte zwar nicht immer die Wahrheit, wie das eben bei Kindern oft ist, aber diesmal war sie ganz ehrlich. Wer die Leine gemacht hatte, war und blieb ein Geheimnis.

Feys Mutter aber begann sich den Kopf darüber zu zerbrechen, was eigentlich in Feys Zimmer vor sich ging. Die geheimnisvollen Dinge häuften sich in letzter Zeit.

Später an diesem Tag begann es zu regnen und ein Gewitter kam auf. Es donnerte und blitzte. Schuschila versteckte sich hinter dem Korb in Feys Zimmer, und dort blieb sie bis zum Abend. Erst als sie Fey rufen hörte: „Schuschila, essen! Schuschila, ein gutes Essen!", kam sie aus ihrem Versteck hervor. Man musste ja essen, auch wenn man eine verzauberte Prinzessin war, die das lieber in einem Schloss getan hätte, mit Messer und Gabel und von einem goldenen Tellerchen. Schuschila seufzte. Aber sie hatte das Gefühl, dass die Zeit, die sie als Katze verbringen musste, bald vorbei sein würde.

Als Fey an diesem Abend ins Bett stieg, nahm sie Cäsar in die Arme und sagte: „Sei jetzt schön brav, Cäsar, und schlaf bei mir. Ich hab Angst, dass der Donner wiederkommt. Aber wenn du bei mir bist, fürchte ich mich nicht." Und damit drückte sie Cäsar fest an sich, sodass er glaubte, sie würde ihn zerquetschen. Das ist zwar bei so einem weichen Tier wie Cäsar nicht leicht möglich, aber Cäsar dachte: „Oje, wie soll ich denn einen Brief schreiben, wenn Fey mich so fest hält." Als Fey eingeschlafen war, rief Cäsar ganz leise: „Hilfe, ich kann nicht weg, helft mir doch, damit ich den Brief schreiben kann." Im Korb begann es sofort zu krabbeln und unter viel Gelächter und Gekicher kletterten alle Tiere heraus und wollten Cäsar zu Hilfe kommen.

Der große Leone aber stellte sich vor die Leiter, die zu Feys Bett hinaufführte, und sagte: „Es genügt, wenn einer von uns hinaufsteigt, sonst wecken wir Fey ja auf." Das sahen alle ein, und so beschlossen sie, den Panda hinaufzuschicken. „Horch zu, Panda", sagte der Leone, „du kannst gut klettern. Also steig hinauf und kitzle Fey ein bisschen an der großen Zehe." Das war natürlich ein Spaß und der Panda machte sich sofort an die Arbeit. Aber wo waren Feys Zehen? So gründlich der Panda auch suchte, er konnte sie nicht finden. Da rief er zu den Tieren, die gespannt unten warteten: „Fey hat ja gar keine Zehen. Sie hat überhaupt nur einen Kopf und Arme." Da lachten alle, denn das war ja wirklich komisch. Aber Cäsar, der keine Angst hatte, dass

Fey aufwachen würde, rief dem Panda zu: „Du Dummerle, ihre Füße und Zehen sind doch unter der Decke. Du musst die Decke hochheben."

Auch er musste über den Panda lachen. Dabei wackelte er ein wenig hin und her, sodass Fey sich im Schlaf bewegte. Dabei stieß sie mit den Beinen die Bettdecke zur Seite, und der Panda, der mit einem Bein darauf stand, wurde gegen die Wand geworfen. „Au!", schrie er. Aber Fey träumte einen so wunderschönen Traum, dass sie nicht erwachte. Rosa Wolken, so träumte sie, zogen am Fenster vorbei, und darauf saßen kleine Blumenelfen mit ganz durchsichtigen Flügeln und kleinen Blütenblättern als Röckchen. Sie spielten lustige Spiele auf den Wolken, und manchmal fiel eine von ihnen von einer Wolke herunter und musste schnell ihre Flügel ausbreiten, damit sie wieder zu ihren Freundinnen fliegen konnte. Mitten in diesem Traum kitzelte der Panda Feys linke große Zehe. Fey zuckte und zog den Fuß zurück, dann aber streckte sie ihn wieder aus und drehte sich um.

Jetzt war Cäsar noch viel fester umklammert als vorher. Er war richtig gegen das Kopfkissen gequetscht. Da kitzelte der Panda die andere große Zehe, und diesmal fuhr Fey mit der Hand, in der sie Cäsar hielt, nach der Zehe. Der Panda machte einen Sprung zurück, Fey drehte sich noch einmal um, aber Cäsar war plötzlich frei. Schnell krabbelte er zur Leiter und eins, zwei, drei, waren Cäsar und der Panda bei den anderen Tieren am Boden angelangt.

„Schnell, schnell, ein Blatt Papier", rief Cäsar und lief zu Feys Schreibtisch. Dort kannte er sich gut aus, denn er saß oft bei Fey, wenn sie ihre Aufgaben machte. Er öffnete eine Schublade und nahm ein schönes Blatt Papier heraus. Ganz weiß war es. Cäsar hatte ein bisschen Angst vor so viel Weiß. Er würde sicher nicht in einer geraden Linie schreiben können. Dann aber suchte er nach einem Bleistift, nahm all seinen Mut zusammen und schrieb:

Libe Fey!
Sak das Zauberwort „Sak ni, das gibd es nicht", damit Schuschila wider aine Prinzesin wirt. Draimal bei Folmond musd du es sagen um 12 Ur. Ende.

Cäsar

Die Tiere sahen diese lustigen Buchstaben an, aber da sie nicht lesen konnten, wussten sie auch nicht, dass da einige Fehler drin waren. Cäsar war jedenfalls sehr stolz auf seine Leistung.

„Ein Brief muss einen Umschlag haben", sagte Cäsar und kramte wieder in Feys Schubladen herum, konnte aber keinen finden. „Aber, Cäsar, das ist doch nicht so wichtig", sagte Leoncina, „wir lassen den Brief einfach hier auf dem Schreibtisch liegen, sie wird ihn schon finden." Das Piglet aber meinte: „Aber wenn das jemand anderer liest, was geschieht dann?" Tja, jemand anderer als Fey durfte den Brief nicht lesen, denn die Zauberformel war doch etwas ganz Geheimes. „Ach, seid doch nicht solche Hasenfüße", sagte Cäsar, der doch der Einzige war, der wirkliche Hasenfüße hatte. „Probieren wir es einfach. Ich lege auf den Brief noch einen Zettel und schreibe drauf: ‚Wichtig! Für Fey und sonst niemand!'" Damit waren alle sehr einverstanden und so wurde es auch gemacht.

Bald ging die Nacht zu Ende und die Tiere kehrten zum Schlafen in den Korb zurück. Nur Cäsar stieg wieder zu Fey hinauf und legte sich neben ihr Kopfkissen, als wäre in der Nacht nichts geschehen. Als Fey aufwachte, streichelte sie Cäsar liebevoll und sagte: „Hast du gut geschlafen, Cäsar?"

Es schien ihr, als machte Cäsar einen kleinen, ganz kleinen Hüpfer, als wollte er ihr etwas sagen. Aber es war keine Zeit, lange darüber nachzudenken, denn sie musste ja aufstehen, sich waschen, Zähne putzen und all diese unangenehmen Dinge erledigen, die man eben vor der Schule machen muss.

Ohne darauf zu achten, packte Fey den Brief und den Zettel mit den Schulheften in die Schultasche und machte sich auf den Weg. Es regnete und stürmte und Feys Schirm drehte sich zweimal um, bevor sie die Schule erreichte.

Sie hatte alle Aufgaben brav gemacht. Als sie aber in der Pause die Hefte für die nächste Stunde herausnahm, fiel ihr der Zettel auf. Sie sah ihn an und wollte ihn schon in den Papierkorb werfen, da bemerkte sie das Wort „Cäsar". Und dann sah sie die komische Schrift. Und es fielen ihr sogar die Fehler auf. Langsam entzifferte sie das Geschriebene. Dabei sagte sie die Worte vor sich hin.

Lisa, eine Schulfreundin, wurde neugierig und sah Fey über die Schulter. Da legte Fey schnell die Hand auf den Brief und sagte unfreundlich: „Das ist ein Geheimnis, das darf nur ich lesen." Lisa lachte. Und wie es Kinder manchmal machen, wollte sie unter allen Umständen Fey den Brief wegnehmen. Aber Fey war schneller und stopfte den Brief oben in ihre Bluse. Darauf entstand ein kleines Handgemenge, das nur beendet wurde, weil die Pause zu Ende war und die Kinder wieder in die Klasse zurückmussten. Fey ließ den zerknüllten Brief, wo er war, obwohl er sehr kratzte. Sie überlegte fieberhaft, wie sie nach der Schule so schnell wie möglich damit nach Hause laufen konnte, bevor es wieder zu einem Handgemenge kam.

„Lisa ist keine Freundin für mich", dachte Fey, „nein. So etwas Dummes, wozu braucht sie meinen Brief? Was geht sie das an? Sie weiß gar nicht, wer der Cäsar ist."

Lisa flüsterte inzwischen ihrem Nachbarn etwas zu und zeigte immer wieder auf Fey, sodass der Lehrer sie ermahnte, nicht zu schwätzen. Fey ahnte Schlimmes. Es schien sich eine Art Verschwörung gegen sie anzubahnen. Lisa tuschelte weiter, jetzt mit ihrem anderen Nachbarn. Beide Nachbarn waren Buben, einer groß und stark und einer klein, aber sehr flink. Ganz plötzlich, ohne dass sie es wirklich wollte, begann Fey zu weinen. Es war nicht ganz klar, warum, aber das Weinen wurde lauter, und schließlich schluchzte sie so, dass der Lehrer zu ihr kam und sie besorgt fragte, was denn geschehen sei.

Aber was war denn eigentlich geschehen? Noch gar nichts, und deshalb konnte sie dem Leher auch nichts sagen. Der Lehrer aber ahnte, dass das Weinen etwas mit anderen Kinder zu tun haben musste, und deshalb sagte er: „Ist einer von euch vielleicht schuld daran, dass Fey weint? Dann sagt es mir, denn ich lasse Bosheiten gegenüber Mitschülern nicht zu." Niemand meldete sich, sodass der Lehrer Fey fragte: „Also, Fey, sag doch, warum du weinst. Tut dir etwas weh?" „Nein", schluchzte Fey, „ich habe Angst." „Angst?", fragte der Lehrer etwas ungläubig. „Ja, wovor hast du denn Angst?"

Da sagte Fey, während sie sich die Tränen trocknete: „Ich habe Angst vor dem Heimweg." Mehr sagte sie nicht. Der

Lehrer aber sah seine Schüler an und übersah nicht, dass Lisa und ihre beiden Nachbarn sehr rot und sehr verlegen wurden. „Gut", sagte der Lehrer, „du bleibst am Ende der Schule ein wenig bei mir und ich begleite dich. Du wohnst ja nur ein paar Schritte von meinem Haus entfernt."
Fey sah den Lehrer voller Dankbarkeit an. Er half allen seinen Schützlingen. Und wenn er auch nicht wusste, worum es sich bei Feys Angst handelte, so hielt er es doch für besser, die paar Schritte mit ihr zu gehen.
Als die Schule zu Ende war, stand Feys Mutter am Gartenzaun, was sie oft tat, wenn sie Fey erwartete. Sie war nicht wenig überrascht, als sie den Lehrer mit Fey kommen sah. „Oje", dachte sie, „was hat Fey angestellt?" Der Lehrer aber wünschte nur einen schönen Tag und ging ohne Erklärung weiter. Fey sagte auch nichts. Sie war so erleichtert, dass sie zu Hause war und dass sie den Brief noch unter der Bluse spürte.
Kaum aber war sie im Haus, lief sie in ihr Zimmer und zog den Brief heraus. Er war zwar sehr zerknittert, aber man konnte ihn noch lesen. „Sag nie, das gibt es nicht." Das sollte ein Zauberwort sein? Das waren doch viele Worte. Und wozu brauchte man die Zauberworte? Ja, da stand es. Damit Schuschila wieder eine Prinzessin wird. „Hurra", dachte Fey, „jetzt werde ich die Schuschila entzaubern." Dann aber, als sie Schuschila unten im Hof herumstreunen sah, dachte sie: „Ja und dann, was macht die Prinzessin dann? Sie wird doch sofort zu ihren Eltern laufen wollen.

Da gibt es doch sicher einen König und eine Königin, die schon lange auf sie warten. Und dann hab ich keine Schuschila mehr, oje. Das ist ja eigentlich schrecklich. Was soll ich denn jetzt machen?"

In diesem Moment sah Schuschila zum Fenster hinauf. Ihre Augen waren diesmal ganz blau. Blau wie der Himmel über dem Ahornbaum. Diese Augen sagten Fey, dass sie Schuschila entzaubern musste, auch wenn sie es nicht wollte.

Im Brief stand: „Dreimal bei Vollmond". Was hieß denn das nun wieder? Bei drei Vollmonden immer einmal oder dreimal bei einem Vollmond? Und wer wusste, ob gerade Vollmond war?

Die Mutter hörte, wie Fey über die Treppe sauste, und zog die Stirne kraus. Sie fürchtete immer, dass Fey einmal über die steile Treppe purzeln und mit dem Kopf unten landen würde. „Mama", schrie Fey aufgeregt, „ist heute Vollmond?"

Feys Mutter wusste es nicht, denn der Himmel war in den letzten Tagen immer bedeckt gewesen. „Ich weiß es nicht, Fey. Aber ich habe einen Kalender, in dem das steht. Warte einen Moment. Ich sehe gleich nach."

„Der Mond ist gerade halb voll", sagte sie dann, „siehst du? Vollmond ist nächsten Donnerstag."

„Und wie viele Tage sind es noch bis dahin?", wollte Fey wissen. „Das sind gerade noch acht Tage. Also heute in einer Woche. Heute ist auch Donnerstag. Aber wozu willst du denn das wissen?" Fey wusste nicht sofort, was sie darauf antworten sollte. Dann sagte sie: „Bei Vollmond tanzen doch die Elfen auf den Waldwiesen. Das steht in dem Buch, das mir die Nonna geschickt hat." Feys Mutter antwortete: „Vielleicht. In Märchenbüchern steht viel, aber gesehen hab ich's noch nie. Wo willst du sie denn sehen?" Fey sagte: „Vielleicht tanzen sie auch im Garten? Dort, wo der große Quittenbaum steht." Da lachte die Mutter und schüttelte den Kopf: „Wer weiß?"

Als Fey am nächsten Tag in die Schule kam, fragte sie der Lehrer: „Geht es dir heute besser, Fey?" Und Fey nickte strahlend. Was würde der Lehrer sagen, wenn er wüsste, dass sie mit einem Zauberspruch Schuschila entzaubern würde? Vielleicht würde er nur lachen. Fey nahm sich fest vor, niemandem von Schuschilas Verzauberung zu erzählen. Hatte Cäsar nicht geschrieben „Für Fey und sonst niemand!"? Also war alles sehr geheim. So ein Geheimnis ist eine schlimme und eine gute Sache. Schlimm ist, dass man niemandem, aber auch wirklich niemandem davon erzählen durfte. Was besonders kleinen Kindern sehr schwer fällt. Gut war, dass ein Geheimnis etwas war, das niemand anderer hatte, und das war wieder wunderbar. Die Nonna erzählte Fey immer Geheimnisse. Alle möglichen kleinen und ganz große. Das war sehr aufregend und Fey kam sich dabei sehr wichtig vor.

Wenn nur die Schule schon vorbei wäre, wenn nur der Tag schon vorbei wäre, wenn nur die Woche schon vorbei wäre und endlich Vollmond wäre! Die Zeit geht manchmal so langsam dahin, wenn man auf etwas wartet. „Warum war nicht schon heute Vollmond?", dachte Fey. Sie baumelte mit ihren Füßen hin und her, klopfte mit den Bleistiften auf das Pult und machte Grimassen, sodass Estelle, die neben ihr saß, zischte: „Hör auf, Fey, so herumzubuddeln, ich kann ja gar nicht aufpassen."

Auch dem Lehrer wurde Feys Hin- und Herwetzen bald zu bunt und er sagte: „Fey, wenn du nicht ruhig sitzen kannst, musst du eben den Rest der Stunde stehen." In Feys Kopf aber wirbelten der Zauberspruch und die Schuschila herum, und es war schwer, an solche Sachen zu denken und gleichzeitig aufzupassen.

In dieser Woche brachte sie es zu drei Strafen, die alle zu Hause unterschrieben werden mussten, was zu argen Auseinandersetzungen mit ihren Eltern führte.

Da saß Fey dann in ihrem Zimmer und weinte. Sie weinte, weil sie Strafe schreiben musste, sie weinte, weil alle auf sie böse waren, und sie weinte, weil sie wusste, dass sie Schuschila erlösen musste, sie aber dabei verlieren würde. An die entzauberte Schuschila, also an die Prinzessin, dachte sie nicht. Das schien auch so weit weg.

Die Tiere im Korb waren ganz verzweifelt, dass Fey so weinen musste. Aber was konnten sie tun, um Fey zu helfen, wo doch der Korbdeckel geschlossen war? Cäsar saß auf Feys Bett und wartete geduldig. Immer, wenn Fey unglücklich war, nahm sie Cäsar in die Arme und schluchzte in ihn hinein, sodass er manchmal von den Tränen ganz nass wurde. Das machte ihm zwar nicht viel aus, aber er wurde doch auch sehr bedrückt, weil er als Stofftier ja nicht reden konnte. Mit Cäsar im Arm konnte Fey aber wenigstens ihren Schmerz ausweinen, was ihr immer half.

Am Wochenende kam zu Feys Glück Besuch aus Straßburg. Eine Familie mit zwei Kindern, sodass Fey etwas abgelenkt war. Der Samstag wurde zu einem lustigen Spieltag und am Sonntag fuhr Fey mit ihren Eltern hinaus in den Wald und es gab ein herrliches Picknick mit Sandwiches und frischen Waffeln von Kathi.

Erst als Fey beim Schlafengehen aus dem Fenster sah und der Mond schon am Himmel stand und zu ihr ins Zimmer leuchtete, erinnerte sie sich an Schuschila. Aber wo war sie eigentlich? Am Morgen war sie nicht da gewesen, ebenso nicht am Abend, weder Samstag noch Sonntag. Fey fragte ihre Mutter, ob sie Schuschila gesehen habe. Die Mutter nickte und sagte: „Die Schuschila ist sehr komisch in letzter Zeit. Sie kommt nur zum Essen und verschwindet danach spurlos bis zur nächsten Essenszeit. Weiß Gott, wo sie sich herumtreibt."

„Ich bin eigentlich froh", dachte Fey, „dass sie weggelaufen ist. Vielleicht hat sie Angst davor, eine Prinzessin zu werden." Aber nein, wenn man verzaubert war, wollte man sicher entzaubert werden. Feys Mutter sagte: „Gute Nacht und schlaf gut, Kindchen." Dann küsste die Mutter Fey auf die Nase, was Fey immer gern hatte. Nach ein paar Minuten war Fey auch schon eingeschlafen und hörte nicht, wie im

Korb wieder das leise Tuscheln begann. Und sie hörte auch nicht, wie der Deckel des Korbes wie von unsichtbaren Händen langsam gehoben wurde und ein Tier nach dem anderen herauspurzelte. Sie hörte auch nicht das jämmerliche Weinen der Schuschila, die unter dem Fenster saß und den Mond anheulte.
„Miau, miau, miau", ging es, sodass einige Tiere, die auf das Fensterbrett gestiegen waren, besorgt in den Hof starr-

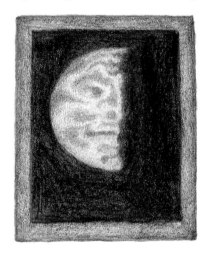

ten. „Ist nicht schon Vollmond?", rief Schuschila ganz verzweifelt und starrte den Mond an. „Ich glaube nicht", rief das Piglet hinunter, „schau ihn doch an, er ist nicht ganz rund."

„Wie lange dauert es denn noch, bis er rund wird?", fragte Schuschila ganz bedrückt. Aber weder das Piglet noch die anderen Tiere wussten, wie lange das noch dauern würde. Da murmelte die Leoncina: „Fey weiß das sicher. Und wenn sie es nicht weiß, so weiß es ihre Mutter oder ihr Vater oder die Kathi." Leoncina sagte das leise vor sich hin. Die Tiere meldeten es der armen Schuschila unten im Hof. „Ich halte es nicht mehr aus!", schrie Schuschila, „was mache ich, wenn Fey vergisst, wann Vollmond ist, oder überhaupt vergessen hat, dass sie mich doch erlösen wollte." Und wieder fing sie jämmerlich an zu heulen: „Miau, miau." Feys Vater war gerade dabei, alle Türen für die Nacht zu schließen, als er Schuschilas Geheule hörte. „Mein Gott", sagte er besorgt, „was ist denn mit der Schuschila los? Dieses Gejaule ist ja furchtbar. Schuschu, komm doch zu mir. Was hast du denn, kleines Kätzchen? Bist du am Ende mondsüchtig?" Schuschila kam von ihrem Platz im Blumenbeet herunter und strich um die Beine von Feys Vater. „Wenn du jetzt reden könntest, was würdest du mir sagen?" Natürlich erwartete er keine Antwort, aber er hatte das Gefühl, dass er Schuschila durch seine Worte beruhigt hatte, denn sie schlich danach lautlos in den Schatten der Nacht und verschwand darin.

So nervös und erwartungsvoll wie Fey waren nun auch alle Tiere und es wurde viel durcheinander geredet und viel gerätselt, ob Fey sich an den Vollmond und den Zauberspruch erinnern würde. So vergingen die letzten Tage und Nächte vor dem Donnerstag.

Fey wachte an diesem Donnerstag schon um sechs Uhr auf. Sie konnte einfach nicht mehr schlafen, zu groß war ihre Erwartung. „Gott sei Dank", dachte sie, „höre ich von hier die Turmuhr schlagen, sonst wüsste ich ja überhaupt nicht, wie spät es ist. Und wenn ich mich verzähle und es ist erst elf oder wenn ich gar die Zwölf verpasse? Aber vor allem darf ich nicht einschlafen! Wenn ich einschlafe, ist alles verloren, denn von selbst wache ich nicht wieder auf."
Dieser Tag war arg in der Schule. Fey war nervös und fahrig. Aber sie wusste, dass sie den Lehrer nicht mehr ärgern durfte. Also strengte sie sich an. Ja, sie strengte sich so an, dass der Lehrer ganz verblüfft war und sie sogar lobte. Estelle war Feys Nervosität in den letzten Tagen sehr auf die Nerven gegangen. „Was ist eigentlich mit dir los?", fragte sie in der Pause. Fey wusste nicht, was sie sagen sollte. Deshalb lenkte sie ab und sagte: „Komm, spielen wir Fangen." Aber Estelle wollte nicht. Viel mehr interessierte sie, warum Fey anders war als sonst. Deshalb sagte sie: „Kann ich nach der Schule zu dir kommen?" Fey wollte das unter keinen Umständen. Aber sie wollte Estelle auch nicht kränken, deshalb antwortete sie: „Es tut mir Leid, Estelle,

aber heute geht es gar nicht. Meine Mutter hat eine wichtige Arbeit zu tun und da dürfen wir Kinder keinen Lärm machen." Estelle sagte enttäuscht: „Ach so, na ja, vielleicht morgen." „Morgen geht es sicher", sagte Fey erleichtert, denn morgen war ja alles schon vorbei.

Am Nachhauseweg gingen Fey und Estelle friedlich bis zum Gartentor vor Feys Haus, als ein schreckliches Geräusch beide erschreckte. Ein Auto war auf der anderen Straßenseite ganz abrupt stehen geblieben, sodass die Bremsen quietschten. Dann sprang ein Mann heraus und fing fürchterlich zu fluchen an. „So ein Dreckbiest von einer Katze! Da kann man sich ja erschlagen! Ein Wunder, dass ich sie nicht überfahren habe!" Die Katze war panisch vor Schreck über die Mauer des Nachbargartens gesprungen und dahinter verschwunden. „Na, wenn ich dich kriege, kannst du was erleben", knurrte der Mann die zwei kleinen Mädchen an, als wären sie schuld an der Sache. Dann aber setzte er sich wieder ins Auto, knallte die Türe zu und raste davon.

„Das war die Schuschila", sagte Fey leise, als könnte der Mann sie noch hören. „Ist sie verrückt geworden?", fragte Estelle. Und Fey antwortete: „Sie ist sehr merkwürdig in letzter Zeit." Estelle sagte: „Das nennst du merkwürdig? Ich nenne das wahnsinnig, wenn man in ein Auto hineinläuft." „Aber sie ist doch eine Katze, die das nicht so ganz versteht!" Estelle, die Schuschila zwar sehr bewunderte, aber ein bisschen Angst vor ihr hatte, sagte: „Fey, du musst eben ernst mit ihr reden, so, wie das meine Großmutter mit mir tut! Tschüss, Fey, wir sehen uns morgen", und damit verschwand Estelle hinter der nächsten Hausecke.

Fey seufzte. Schuschila, dachte sie, wird morgen nicht mehr so dumm sein und in Autos hineinlaufen. Morgen wird sie in einer goldenen Kutsche mit weißen Pferden fahren. Die Kutsche wird so wie Papas Auto in den Hof kommen. Das große Tor wird von selbst aufgehen und ein Diener, ganz in Weiß und Gold gekleidet, wird der Prinzessin Schuschila in den Wagen helfen.

„Was träumst du denn da, Fey?", fragte die Mutter, die gerade zum Gartentor kam. Fey war einfach dort stehen geblieben, wo Estelle sie verlassen hatte, und hatte zu träumen begonnen. Fey lachte etwas verlegen. Hätte sie ihrer Mutter erzählen sollen, was sie geträumt hatte? Aber nein, das war ja ein Geheimnis. So lief Fey schnell den Weg entlang zur Scheune, machte dabei kleine Sprünge und sang ein Liedchen, während ihre Schultasche auf ihrem Rücken hin- und herhüpfte: „Heute Abend wird es schön, wenn der Mond am Himmel steht", „oje", dachte Fey, „das reimt sich ja gar nicht – schön und steht – nein, es muss heißen: Heute Abend wirst du sehn, wie der Vollmond scheint so schön. Das ist besser, aber da kommt die Schuschila nicht vor, also muss es heißen: Schuschila gib heute Acht, wenn Fey dich zur Prinzessin macht." Damit war Fey sehr zufrieden.

Schuschila lag in einer sonnigen Ecke neben dem Scheunentor und blinzelte Fey an, als sie über den Hof kam. „Schuschila", flüsterte Fey und hockte sich neben die Katze, „heute abend ist Vollmond. Ich werde die ganze Zeit aufbleiben, damit ich nicht verpasse, wenn die Turmuhr zwölf schlägt. Du wirst wieder eine Prinzessin sein und in dein Königreich fahren. Dann werden der König und die Königin kommen und dich fest umarmen. Und dann werden alle sagen: ‚Und wenn sie nicht gestorben sind, dann leben sie noch heute.'" Während sie das sagte, wurde es Fey immer banger zu Mute, bis ihr zum Schluss die Tränen kamen. „Schuschila, gehst du dann wirklich weg und kommst nie mehr wieder?" Jetzt begann Fey richtig zu schluchzen und setzte sich neben Schuschila. Sie wollte sie in die Arme nehmen und streicheln, aber Schuschila machte einen großen Sprung und war schon auf der Mauer oben. Von dort sah sie Fey mit grünen Augen an. Fey hörte auf zu weinen. Ihre Mutter, die inzwischen am Gartenzaun mit dem Nachbarn geplaudert hatte, kam in den Hof, und Fey lief schnell in ihr Zimmer hinauf, um sich die Tränen abzuwischen, bevor ihre Mutter sie bemerkte. Beim Essen erzählte Fey ihrer Mutter, wie brav sie gewesen war und dass der Lehrer sie sogar gelobt hatte. „Gott sei Dank", sagte die Mutter mit einem Seufzer der Erleichterung, „dann wird es vielleicht doch noch eine gute Note in Betragen geben." Fey machte ein Gesicht, als wollte sie sagen: Immer kann man eben nicht brav sein, aber sie sagte es nicht. Stattdessen sagte sie: „Ich bin so müde. Kann ich heute einen Mit-

tagsschlaf machen?" Feys Mutter war verblüfft, so etwas hatte Fey überhaupt noch nie gewollt. Wenn die Familie abends ausging, musste Fey einen Mittagsschlaf machen, und da gab es jedes Mal Streit. – Nein, bitte nicht Mama, ich bin gar nicht müde. – Das war das Übliche. Feys Mutter sah ihre Tochter prüfend an. War da vielleicht eine Verkühlung im Anzug oder noch was Schlimmeres? „Kinder sind voller Überraschungen", dachte sie. „Jeden Tag sind sie anders." Mit diesen Gedanken ging sie an ihre Hausarbeit.
„Bitte, weck mich aber wirklich auf, sonst schlafe ich bis morgen früh", rief Fey von oben, und ihre Mutter antwortete: „Natürlich, um drei Uhr wecke ich dich."
Fey hatte sich das klug ausgedacht. Wenn man am Abend lange aufbleiben will, dann muss man nachmittags schlafen. So würde sie am Abend nicht müde sein und es würde ihr leicht fallen, bis Mitternacht aufzubleiben.
Punkt drei Uhr wurde Fey geweckt. Sie hatte trotz der zunehmenden Aufregung gut geschlafen und war ganz verwirrt, weil sie anfangs nicht wusste, wo sie eigentlich war. Gerade noch hatte sie im Traum auf einer blühenden Wiese Purzelbäume geschlagen, und nun lag sie im Bett mit Cäsar im Arm. Plötzlich fiel ihr alles wieder ein: warum sie den Mittagsschlaf gemacht hatte, dass dies ein großer Tag war und dass sie unbedingt bis zwölf Uhr aufbleiben musste. Sie kletterte vom Bett herunter und ging zu ihrem Schreibtisch. In der untersten Schublade lag der Brief, den Cäsar geschrieben hatte. Sie las ihn noch einmal durch, steckte

ihn aber dann schnell zurück, als sie ihre Mutter auf der Treppe hörte. „Bist du fertig, Fey? Wir gehen zur Kathi." „Ich komm schon!", rief Fey und schlüpfte in ihre ältesten Jeans, zog einen Pulli über den Kopf und lief die Treppe hinunter. Beide gingen Hand in Hand zu Kathi, die sich über den Besuch sehr freute. Ihr kleiner Sohn Francis lief Fey mit offenen Armen entgegen und wollte hochgehoben werden. Francis war mit seinen eineinhalb Jahren schon etwas zu schwer für Fey, und deshalb hockte sie sich zu ihm und er umarmte sie. Fey war immer überrascht, wie lieb dieses kleine Kind sie hatte. Oft musste sie, wenn Kathi gerade im Kuhstall arbeitete, auf Francis aufpassen und manchmal auch streng sein mit ihm, wenn er gefährliche Dinge tat, etwa über die Treppe hinaufklettern oder auf Stühle steigen. Fey kam sich bei der Betreuung des kleinen Francis immer sehr wichtig vor, und es machte ihr Spaß, ihn auf dem Schoß zu halten.

Feys Mutter hatte immer ein wenig Angst, es könnte dabei etwas passieren. Aber Kathi beschwichtigte sie. „Es tut Fey gut, etwas Verantwortung zu tragen. Lass nur, sie passt schon gut auf meinen Francis auf." Mit solchen Worten eroberte Kathi Feys Herz.

„Heute ist Vollmond", sagte Fey zu Kathi, „hast du das gewusst?" Kathi sagte: „Nein, das wusste ich nicht. Wieso weißt du denn das?" „Die Mama hat es mir gesagt." „So, so", sagte Kathi, „und was geschieht bei Vollmond? Du bist doch nicht etwa mondsüchtig?" Als Fey dieses Wort hörte, fragte sie, was denn mondsüchtig sei. Und Kathi erzählte ihr, dass es manche Menschen gebe, die bei Vollmond auf Hausdächern herumstiegen und den Mond anstarrten. Dass man sie aber auf keinen Fall dabei stören dürfe, sonst fielen sie herunter. Fey musste lachen. „Das ist sicher sehr komisch", sagte sie. Aber Kathi fand das gar nicht komisch, eher etwas unheimlich.

Fey durfte mit Kathi in den Hühnerstall gehen und Eier suchen. Das war eine ihrer Lieblingsbeschäftigungen, denn die Nester waren an den seltsamsten Plätzen zu finden. Es war fast wie Ostereiersuchen. Diesmal gab es viele Eier und danach saßen Fey und ihre Mutter in Kathis gemütlicher Küche und tranken Tee. Kathis Mutter hatte immer irgendwelche Leckerbissen in einer großen Blechbüchse. Diesmal waren es gelbe Küchlein, die ganz wunderbar schmeckten. Fey hätte darüber fast Schuschila vergessen. Als sie sich plötzlich wieder erinnerte, verschluckte sie sich und fing schrecklich zu husten an. Mitten unter dem Husten sagte sie: „Wie spät ist es denn?"

Kathi sagte: „Eigentlich bist du alt genug, jetzt schon selbst die Uhr zu kennen. Es ist jetzt 16 Uhr 5 Minuten." Sie sagte das genau so, wie es das Tonband am Telefon sagte, und das klang wirklich lustig. „Wie viele Stunden", fragte Fey, „sind es noch bis zwölf Uhr?" Kathi sagte: „Meinst du zwölf Uhr mittags oder zwölf Uhr nachts?" „Oh Gott", dachte Fey, „was war es denn? Im Brief stand ja nur zwölf Uhr, aber nicht ob bei Tag oder Nacht. Was wäre, wenn es bei Tag wäre?" „Ist zwölf Uhr mittags schon vorbei?", fragte Fey ängstlich. Und ihre Mutter sagte: „Fey, stell dich doch nicht so dumm. Natürlich ist zwölf Uhr mittags schon vorbei. Um zwölf Uhr nachts ist Mitternacht. Das kommt erst in etwas weniger als acht Stunden."

Fey dachte krampfhaft nach und dann fragte sie, ob man den Vollmond auch bei Tag sehen könne. Kathi sagte, sie habe ihn manchmal auch bei Tag gesehen, aber ganz blass, weil die Sonne am Himmel stand. „Können wir schon nach Hause gehen?", fragte Fey, und ihre Mutter sagte: „Ja, ja, wir müssen sogar, denn ich habe noch einiges zu tun, bevor der Papa kommt."

Am Nachhauseweg fragte Fey: „Wenn die Elfen tanzen, tanzen sie aber doch nur bei Nacht, nicht wahr?" Worauf ihre Mutter antwortete: „Also, wenn das nicht nur ein Märchen ist, dann sicher in der Nacht. Nur in der Nacht, wenn es finster ist, kann man den Mond richtig sehen." Da war Fey endlich beruhigt.

Wie aber sollte sie Schuschila finden? Nachdem Schuschila abends gegessen hatte, verschwand sie immer. Und niemand wusste eigentlich, wo sie die Nacht verbrachte. Ob sie in der Finsternis auf Mäusefang ging oder in der Scheune irgendwo schlief, blieb Schuschilas Geheimnis. In der Früh kam sie einmal von da und einmal von dort, sodass man nie wusste, wo sie gewesen war.

Schuschila saß jetzt jedenfalls auf der Holzteppe des Nebenhauses, eines alten, ziemlich baufälligen Gebäudes, das irgendwann einmal abgerissen werden sollte. „Sie sieht anders aus als sonst", dachte Fey, „heute sieht sie wirklich wie eine Prinzessin aus." Auf Feys Rufen kam Schuschila aber nicht, sondern sah plötzlich hinauf in den Himmel, als wollte sie sagen, dass auch sie auf den Vollmond warte. Schuschila kam auch nicht, als sie zum Essen gerufen wurde. „Was mache ich nur, wenn Schuschila überhaupt nicht da ist, wenn es zwölf Uhr ist?", dachte Fey. Aber dieser Gedanke hatte auch etwas Beruhigendes. Wenn Schuschila nicht kam, dann konnte Fey sie auch nicht entzaubern, und das hieß, Schuschila würde bei ihr bleiben. Immer wieder sagte sich Fey den Satz vor: „Schuschila will gar nicht entzaubert werden. Ich behalte meine Schuschila."

Feys Vater kam von der Arbeit, man aß zu Abend, alles war wie immer. Dann aber fragte Feys Vater: „Wo ist denn die Schuschila?" Weder Fey noch die Mutter wusste es. Also zündete man nach dem Abendessen alle Lichter im Hof und in der Scheune an und begann zu rufen und zu suchen. Schuschila aber kam nicht zum Vorschein.
Als Fey später ins Bett musste, wurde es schon dunkler. Am Himmel war noch kein Mond zu sehen. Als der Vater Fey Gute Nacht sagen kam, fragte sie ihn, wieso der Mond nicht zu sehen sei, wo doch Vollmond war. Der Vater erklärte Fey, dass auch der Mond wie die Sonne auf- und unterging. Er war eben noch nicht aufgegangen. „Sieh doch Fey, wie

hell es jetzt da hinten wird. Das heißt, dass der Mond bald aufgeht, auch wenn wir ihn hier noch nicht sehen können."
„Papa", sagte Fey, „erzähl mir doch noch eine Geschichte. Du weißt schon, eine von diesen ganz kleinen Geschichten." Es wurde daraus eine gar nicht so kleine Geschichte, denn wenn man Geschichten erfindet, weiß man nie so genau, wie lange sie werden.
Nach einer Weile rief die Mutter: „Jetzt ist's aber genug. Fey muss doch schlafen. Gute Nacht, Fey!" Fey antwortete: „Gute Nacht!", dann gab sie ihrem Vater drei Küsschen, auf jede Wange eins und eins auf die Nase. „Gute Nacht, Kleines, schlaf gut. Warte, ich mache noch das Fenster auf, da schläft man besser."
Kaum war der Vater aus dem Zimmer, stand Fey auf und kletterte vom Bett herunter. Sie wagte es nicht, Licht zu machen, weil man das ja vom Korridor aus sehen konnte. Dann schlich sie leise zum Fenster. Draußen wurde es immer heller. Fey sah hinaus in den Hof, und da saß Schuschila wieder auf der Holztreppe. Sie saß ganz regungslos, als wäre sie hingemalt. Die Turmuhr schlug und Fey zählte: eins, zwei, drei, vier, fünf, sechs, sieben, acht, neun. Neun Uhr. „Mein Gott", dachte Fey, „dann kommt erst zehn und elf und dann erst zwölf Uhr. Ich darf nur nicht einschlafen."
Eine kleine Weile wartete Fey noch, dann ging sie leise zur Tür und öffnete sie einen Spalt. Unten hörte sie die Eltern miteinander reden. „Solange sie sprechen, kann ich doch bei mir Licht machen, das können sie ja nicht sehen", dach-

te Fey. Sie drehte das kleine Licht beim Schreibtisch an und begann alle Bücher aus dem Schrank zu nehmen. Eins nach dem anderen sah sie an, blätterte darin, las ein bisschen hier und dort, bis die Turmuhr zehn schlug.

Immer wieder sah Fey in den Hof hinaus und zu Schuschila, die noch immer an demselben Platz saß. Das Bücheranschauen wurde Fey langsam langweilig, und so beschloss sie etwas zu tun, was sie schon lange tun wollte. Sie setzte sich an den Schreibtisch und begann auf einem großen Blatt zu zeichnen. Zuerst zeichnete sie die Treppe, auf der Schuschila saß, und dann, das war schon viel schwieriger, Schuschila selbst und schließlich den Baum, der neben der Treppe stand. Auf den Baum zeichnete sie viele Vögel und auf den Boden zwei Hasen und einen Esel. Zum Esel kamen dann noch ein Huhn und vier Küken und zum Schluss ein Hahn. Gerade als sie nach ihren Buntstiften suchte, schlug die Uhr elf. „Eine Stunde noch", dachte Fey, „nur mehr eine Stunde muss ich warten."

Schuschila saß noch immer auf der Treppe. Fey fragte sich, ob sie eigentlich bei Schuschila sein musste, ob sie sie berühren musste, um sie zu entzaubern. Das wäre schlimm gewesen, denn dazu musste entweder Schuschila auf das Fenstersims springen, was aber ganz ausgeschlossen war, oder Fey musste hinausschleichen. Mitten in diesen Überlegungen hörte Fey Stimmen auf der Treppe. Sie hatte keine Zeit, das Licht abzudrehen, kletterte rasch in ihr Bett, zog die Decke über den Kopf und drehte sich zur Wand.

Die Mutter sah jeden Abend noch einmal in Feys Zimmer, bevor sie schlafen ging, und natürlich sah sie diesmal auch die kleine Lampe brennen, sodass sie wusste, etwas war anders als sonst. Leise sagte sie: „Warum hat Fey bloß dieses Licht aufgedreht?" Da sie glaubte, dass Fey fest schlief, löschte sie die Lampe und ging dann leise aus dem Zimmer. Fey hatte sich nicht gerührt. Aber kaum war die Mutter aus dem Zimmer, sprang Fey wieder aus dem Bett und lief auf Zehenspitzen zum Fenster.

Schuschila saß jetzt nicht mehr auf der Treppe und war auch sonst nirgends zu sehen. Jetzt kam der große Vollmond langsam hinter dem Dach des Nebenhauses hervor. Fey sah ihn lange an. So sah sie, wie er immer höher stieg. Es war jetzt so hell im Hof und auch im Zimmer, dass man fast hätte lesen können. Im Mond sah man Berge und Täler und Fey sah auch ein Gesicht mit zwei freundlichen Augen und einem großen Mund. Nase schien der Vollmond keine zu haben. Aber trotzdem war es ein Gesicht.

In diesem Moment hörte Fey ein Kratzen an der Türe. Leise schlich sie hin und drückte vorsichtig die Klinke herunter. Da huschte Schuschila ins Zimmer, was Fey so erschreckte, dass sie die Klinke einfach losließ. Das machte ein hartes Geräusch, aber vom Zimmer der Eltern kam kein Ton. Fey schloss die Türe wieder zu.

Wie war Schuschila ins Haus gekommen? Da fiel ihr ein, dass es ja im Keller einen Katzeneingang vom Hof her gab und einen zweiten oben bei der Kellertreppe, der ins Vorzimmer führte. „Den hat der Papa sicher offen gelassen, damit Schuschila in der Nacht fressen kommen kann", dachte Fey. „Wie fein, jetzt brauche ich nur noch zu warten, bis die Uhr zwölfmal schlägt."

Schuschila war auf Feys Bett gesprungen, und dort saß sie nun und sah zum Fenster hin. Fey war plötzlich so aufgeregt wie noch nie in ihrem Leben. Da schlug die Turmuhr: eins, zwei, drei, vier, fünf, sechs, sieben, acht, neun, zehn, elf, zwölf. Die Stille danach wurde nur unterbrochen von der Stimme, die aus Feys Mund kam, ohne dass Fey merkte, dass sie selbst sprach: „Sag nie, das gibt es nicht. Sag nie, das gibt es nicht. Sag nie, das gibt es nicht."

Fey hatte die Augen nicht auf Schuschila, sondern auf den Mond gerichtet. Sie wagte es nicht, dorthin zu blicken, wo Schuschila vorher gesessen war. Da hörte sie eine feine Stimme sagen: „Fey, sieh her, ich bin es, Prinzessin Schuschila. Ich danke dir so sehr, dass du mich entzaubert hast."

Fey musste sich einen Ruck geben, um sich umzudrehen, denn sie fürchtete sich plötzlich vor dem, was sie getan hatte. Was sie dann aber sah, war so außerordentlich, so wunderbar, dass ihr Mund vor Staunen offen blieb.

Auf ihrem Kopfkissen saß ein kleines Wesen, ungefähr so groß wie das Piglet, ein kleines Püppchen, mit einem silbernen Kleidchen, silbernen Schuhen und einer silbernen Krone auf den langen schwarzen Haaren. Am Rücken hatte es zwei zarte Flügel, durchsichtig wie die Flügel einer Libelle. Das zarte Gesicht wurde vom Mond beschienen und

die Augen blitzten wie kleine Sternchen. Das ganze Wesen strahlte vor Glück und Freude, sodass es Fay ganz warm ums Herz wurde.

„Du bist die Prinzessin Schuschila?", fragte Fey schüchtern, „du bist ja eine Elfe wie in Nonnas Buch!" „Aber Fey, hast du geglaubt, ich bin eine Menschenprinzessin, so groß wie du?" Fey nickte. Sie wusste nicht, ob sie nun enttäuscht war oder nur überrascht. „Dann kannst du ja auch fliegen, nicht wahr?" „Natürlich", sagte die Elfe. „Und siehst du diesen kleinen Stab, mit dem kann ich auch zaubern. Ich werde dich immer beschützen, Fey, weil du mich von dem bösen Zauber der Hexe Tunichtgut erlöst hast. Aber jetzt muss ich schnell zu meinen Eltern fliegen, die doch schon so viele Jahre auf mich warten."

„Wo sind denn deine Eltern?", wollte Fey wissen.

Da sagte Prinzessin Schuschila: „Weit von hier, mitten in einem großen Wald mit hohen Bäumen, die so dicht stehen, dass kein Mensch durchgehen kann. Aber sei nicht traurig, ich werde dich bald besuchen. Erzähl aber niemandem, wo die Katze Schuschila hin verschwunden ist. Versprich mir das. Versprich mir das! Ich werde mir einen Prinzen suchen, einen wunderschönen Prinzen, einen von diesen herrlichen jungen Prinzen mit Silberhaaren und weißen Seidenstrümpfen. Du aber verrate mich nicht. Bitte, Fey, versprich es mir! Die Katze Schuschila ist eben nicht mehr da. Es gibt jetzt nur die Prinzessin Schuschila, und die ist ganz glücklich."

Prinzessin Schuschila gab Fey noch einen Kuss auf die Wange, der sich anfühlte wie hundert kleine Küsschen, und dann flog sie durch das offene Fenster in die helle Mondnacht hinaus. Ihre Flügel glitzerten im Mondstrahl, und als sie über das Eingangstor flog, schien es Fey, als hinterlasse sie eine leuchtende Spur, wie eine Sternschnuppe.

Fey stand noch eine Weile am Fenster. Als sie schließlich ins Bett ging, fiel ihr plötzlich auf, dass der Korb der Stofftiere offen stand. Die Tiere schienen alle herauszuschauen, als hätten sie miterlebt, was hier geschehen war. Fey war sicher, dass der Korb vorher geschlossen gewesen war, aber jetzt war sie so müde, dass sie sich keine Gedanken mehr darüber machen konnte. Mit Mühe kletterte sie die Leiter zu ihrem Stockbett hinauf und im Nu war sie auch schon eingeschlafen.

Nun begann im Korb ein großes Gemurmel und Gekicher. Alle Tiere purzelten übereinander und schließlich aus dem Korb heraus. Auch Cäsar war diesmal im Korb gewesen und er trieb es am tollsten von allen Tieren. Er hopste im Kreis herum, schlenkerte seine langen Ohren hin und her und klopfte sich auf den Bauch. „Wir haben es geschafft!", rief er, „wir haben die Schuschila erlöst!" „Na, na", sagte die Leoncina, „Fey hat die Schuschila erlöst, vergiss das nicht." „Ja, ja", sagte Cäsar, „aber wenn ich den Brief nicht geschrieben hätte, wäre nichts daraus geworden." „Hoch lebe Cäsar!", rief das dicke Walross, das sonst nie etwas sagte, und alle stimmten in ein großes „Hurra, hurra!" ein.

Der Jubel war so laut, dass Fey anfing, sich hin- und herzuwälzen, als hätte sie Alpträume. „Schsch, schsch", sagte da der Leone, „leise, sonst wacht Fey auf." Danach waren die Tiere zwar leise, aber es ging nicht weniger turbulent zu. Es wurde getanzt und gesungen bis in die Morgenstunden. Der Mond war untergegangen und die Sterne wurden schon blass am Himmel, als die Tiere wieder in den Korb huschten und alles wieder ruhig wurde.

Als Fey aufwachte, glaubte sie, sie hätte alles nur geträumt. Als sie zum Fenster hinaussah, war Schuschila nicht zu sehen. Natürlich, ich bin ja dumm, Schuschila ist jetzt eine Fee und kann gar nicht zur gleichen Zeit eine Katze sein.
Beim Frühstück herrschte eine gedrückte Stimmung, weil Schuschila trotz wiederholten Rufens nicht gekommen war. Ihre Schüssel stand unberührt da. „Ich glaube, sie hat einen Kater gefunden", sagte Feys Vater. Und Fey erinnerte sich plötzlich, was Schuschila ihr gesagt hatte. „Dann wird sie ja wiederkommen", sagte die Mutter beruhigt. „Sei nicht traurig", sagte der Vater zu Fey, bevor er ins Büro ging, „Schuschila wird bald wieder da sein."
In der Schule war Fey brav und aufmerksam. Trotzdem dachte sie immer wieder an die kleine Prinzessin. Und in der Zeichenstunde malte sie ein Schloss mit vielen Türmen, rundherum viele hohe Bäume und eine Straße, auf der eine goldene Kutsche mit vier Pferden fuhr.
Nach der Schule ging Fey schnell nach Hause, durch den

Garten und in die Scheune. In der Scheune setzte sie sich auf einen Schemel und dachte nach. Es schien ihr so schrecklich, dass Schuschila nie mehr zurückkommen würde. Die Prinzessin hatte ihr zwar versprochen, sie bald zu besuchen. Aber wann war bald? Heute? Morgen? Vielleicht erst in einem Monat oder gar einem Jahr? Fey fühlte sich so furchtbar unglücklich, dass sie zu weinen begann. Und weil niemand da war, der sie tröstete, weinte sie immer mehr und immer lauter, bis das Schluchzen sie richtig schüttelte. „Fey!", rief Kathi, die in die Scheune gekommen war, ganz erschrocken. „Was ist denn passiert?" „Ach, ich bin so traurig, weil die Schuschila weg ist." Kathi kniete sich neben Fey. „Meine kleine Fey", sagte sie, „sei nicht traurig, sie wird schon wiederkommen. Wahrscheinlich hat sie einen schönen Kater gefunden, und dann wirst du einmal kleine Kätzchen haben. Was sagst du dazu? Wäre das nicht fein?"

Fey sah zu Kathi und dachte: „Ach, wenn du wüsstest, dass sie nie mehr wiederkommen wird!" Und dann fing sie wieder zu weinen an. Kathi sagte: „Komm, Fey, deine Mutter musste rasch in die Stadt fahren. Du sollst zu mir zum Essen kommen. Freut dich das?" Fey nickte heftig und trocknete ihre Tränen. Das Schlimme war ja, dass sie niemandem sagen konnte, dass sie wusste, warum Schuschila nicht kommen konnte.

Bei Kathi gab es köstliche Dinge zu essen und als Dessert sogar Vanilleeis. Nach dem Essen ging Fey mit Kathi in die

Küche, um beim Geschirrabtrocknen zu helfen. Sie hatte kaum zwei Teller abgewischt, da kam ihre Mutter, bedankte sich bei Kathi und nahm Fey mit nach Hause.

„Hast du Schuschila gesehen?", fragte sie, und Fey schüttelte den Kopf. „Die Kathi sagt, dass die Schuschila wahrscheinlich einen Kater gefunden hat, und jetzt heiraten sie und Schuschila wird kleine Kätzchen haben. Das wäre doch lustig." Fey hielt sich an ihr Versprechen, nichts zu sagen, auch wenn es ihr sehr schwer fiel.

Als der Vater am Abend kam und hörte, dass Schuschila noch immr nicht nach Hause gekommen war, war er sehr traurig. Seit er die arme Schuschila damals aus dem Tierheim geholt hatte, war sie ihm sehr ans Herz gewachsen.

„Na ja, wir müssen ein wenig Geduld haben, weggelaufen ist sie sicher nicht. Vielleicht haben wir sie unabsichtlich irgendwo eingesperrt?" Und so begann die große Suche nach Schuschila. Jeder Kasten, jedes Zimmer und jede Schublade, der Keller und die Scheune wurden untersucht, aber Schuschila war nirgends zu finden.

Fey ging bei dieser Suche mit, aber sie fühlte sich gar nicht wohl dabei, weil sie ja wusste, dass Schuschila nicht gefunden werden konnte. Wo konnte die Prinzessin jetzt nur sein? Am liebsten hätte sie den Eltern alles gesagt. Und einige Male bei dieser verzweifelten Suche war sie auch schon drauf und dran, es zu tun. Dann aber erinnerte sie sich an die Worte der Prinzessin – du aber verrate mich nicht. Ach, war das alles schwer. Die Suche wurde schließlich abgebrochen. An diesem Abend waren alle bedrückt, Fey vor allem, weil sie ihre Eltern so gern beruhigt hätte.

Beim Schlafengehen sagte Feys Vater: „Wenn die Schuschila vielleicht einen schönen Kater gefunden hat und nicht mehr zurückkommen will, dann holen wir uns eine andere Katze vom Tierheim. Was sagst du dazu?" Fey machte ihre Stimme so klein, dass man sie kaum hörte: „Ja, Papa, das wäre fein." Es klang aber nicht sehr fröhlich, denn Fey konnte sich das Leben mit einer neuen Katze nicht vorstellen. Was würde die Prinzessin Schuschila sagen, wenn Fey eine neue Katze hätte?

Fey war längst schon eingeschlafen, als sie etwas am Ärmel ihres Nachthemdchens zupfte. Zuerst meinte sie, es wäre schon Morgen und ihre Mutter wolle sie wecken. Dann aber, als sie die Augen öffnete, sah sie, dass es noch Nacht war. Der Mond sah jetzt schon aus wie eine eingedrückte Pflaume, aber er schien immer noch sehr hell. Auf einmal sagte eine zarte Stimme: „Fey, sieh mich doch an, erkennst du mich nicht?" Und da saß die Prinzessin Schuschila neben ihrem Kopfkissen und breitete die Arme aus, als wolle sie Fey umarmen. Da sie aber doch so klein war, streckte Fey ihr nur den Zeigefinger hin. Worauf die Prinzessin einen kleinen Sprung machte und sich darauf setzte. Das war ein Gefühl, als setzte sich ein Schmetterling auf die Hand. Feys Herz schlug ganz wild, als die Prinzessin sagte: „Ach, liebe Fey, ich habe dich so vermisst." Jetzt begann Fey zu weinen, vielleicht auch, weil die Stimme der kleinen Prinzessin so traurig war.

Schuschila sagte: „Fey, leg dich nieder und ich setze mich zu dir, so können wir am besten reden. Du bist doch so groß und ich nur so klein." Fey legte sich also nieder und Schuschila rückte ganz an ihr Ohr heran. Fey sagte: „Warum bist du denn so traurig?" Da antwortete die Prinzessin: „Ich bin ja so unglücklich, so unglücklich, wie du es dir gar nicht vorstellen kannst." Und sie fing zu weinen an.

Fey strich der Prinzessin ganz zart über die seidigen Haare, um sie zu trösten. Bald hörte das Weinen auf und Schuschila sagte: „Als ich von dir wegflog, da fragte ich die Eule, die im Kirchturm saß, ob sie bei ihren nächtlichen Flügen nicht einen Wald gesehen habe. Ich beschrieb ihn ganz genau, aber die Eule hatte ihn nicht gesehen, also flog ich weiter. Ich flog über Bäche und Wiesen, über viele Felder und Dörfer. Einmal schien mir, als würde ich einen kleinen See und ein Flüsschen erkennen. Aber auch da war kein Wald zu sehen. Stattdessen standen dort viele Reihen von ganz neuen Häusern, die alle gleich aussahen und kleine Gärten hatten. Neue Straßen gab es auch, die ich noch nie gesehen hatte. Viele große Maschinen standen herum und viele unfertige Häuser, die wieder neue Reihen bildeten. Ich flog dort mehrere Kreise, konnte mir aber nicht vorstellen, dass die Menschen einen ganzen Wald abgeschnitten hatten. Trotzdem flog ich zu dem kleinen See hinunter, und an einer alten Weide erkannte ich dann, dass ich doch am richtigen Ort war. Aber wo war der Wald? Der kleine See war ja mitten im Wald gewesen und jetzt lag er in einer Wiese. Es konnte doch nicht sein, dass sie den ganzen Wald in ein paar Jahren zerstört hatten. Und was war mit dem Schloss meiner Eltern geschehen und mit den vielen Feen, die dort gewohnt hatten? Ich saß auf der Weide und war so unglücklich, dass ich weinen musste. Ich weinte so sehr, dass die Vögel von überall herbeiflogen und sich zu mir setzten. Und einer von ihnen, eine alte Elster, erzählte mir dann die ganze schreckliche Geschichte.

Eines Tages im Frühling hatte es begonnen, im ganzen Wald von Menschen nur so zu wimmeln. Von überall her

waren sie gekommen. Zuerst waren sie mit großen Sägen gekommen, um einen Weg durch den Wald zu sägen. Unter den Tieren entstand eine große Aufregung. Es war ein Glück, dass die meisten jungen Vögel flügge waren, denn bald kamen auf der neuen Straße riesengroße Maschinen, die mehr und mehr Bäume abschnitten. Rehe, Hasen, Dachse, Eichhörnchen und all das kleine Getier geriet in Panik. Sie flüchteten in wilder Angst. Wer weiß, wo sie heute sind. Dann waren die Baumaschinen gekommen und Häuser wurden gebaut, eines nach dem anderen. Die Menschen, die in die Häuser zogen, versuchen in ihren Gärten wieder etwas anzupflanzen. Aber warum haben sie vorher alles zerstört? Die Elster war bei dieser Erzählung sehr traurig geworden und ich spürte, dass sie noch etwas wusste. Etwas, das sie mir nicht erzählen wollte. Ich bat sie, mir trotzdem alles zu sagen, auch wenn es noch so traurig war.

Zögernd sagte die Elster dann, sie habe noch gehört, dass der König gesagt habe: ‚100 Jahre müssen wir nun warten, bis wir ein neues Schloss bauen können, aus Träumen und vielen guten Gedanken. Bis dahin wird vielleicht auch Schuschila entzaubert sein. Ach, wenn ich doch nur wüsste, wo sie ist und ob es ihr gut geht? Die Zwerge haben es ja gut, die wohnen unter der Erde, vielleicht können meine Königin und ich bei ihnen Unterschlupf finden, bis die 100 Jahre um sind.' ‚Das ist alles, was ich weiß', fügte die Elster dann hinzu. Ob die Zwerge meine Eltern wirklich aufgenommen haben und wo sie sich befinden, das weiß ich nicht."

Hier fing Prinzessin Schuschila wieder zu weinen an: „Was soll ich jetzt machen, Fey?"

Da sagte Fey: „Sei doch nicht traurig, Schuschila, wir haben dich doch so lieb. Warum darf ich dich nicht wieder zurückzaubern, damit du wieder unsere Katze wirst. Bei uns hast du es gut, und wenn die 100 Jahre um sind …" Hier stockte Fey. Wie lange lebte eigentlich ein Mensch? Rechenaufgaben macht man zwar in der Schule, und natürlich wusste Fey, dass 100 plus 7 zusammen 107 macht, aber sie dachte nicht daran, dass sie in 100 Jahren 107 Jahre alt sein würde. Sie kannte niemanden, der so alt war. Ihr Urgroßvater, den sie noch gut gekannt hatte, war 99 Jahre alt geworden. Die Nonna sagte immer, wenn Fey sie fragte, wie alt sie sei: „Einhundertfünf." Fay wusste, dass das ein Scherz war, aber die Nonna war nicht dazu zu bringen, ihr wirkliches Alter zu nennen. Fay jedenfalls dachte, dass sie in 100 Jahren sicher noch lebte und Schuschila ebenso.

Schuschila schwieg eine ganze Weile. Dann flüsterte sie mit einer seltsam veränderten Stimme: „Vielleicht hast du Recht. Das ist sicher das Beste. Aber wie machen wir das? Verzaubern konnte mich doch nur die Hexe Tunichtgut."

Fey dachte angestrengt nach, dann sagte sie: „Und was ist mit deinem Zauberstab?" Da lachte Schuschila plötzlich und antwortete: „Ja, natürlich, der müsste das können. Wozu habe ich ihn denn? Ich werde es probieren."

Was weiter geschah, wird nie jemand erfahren, denn statt zu zaubern begann die Prinzessin Schuschila ein Lied zu singen. Es war ein Lied, wie Fey noch nie eines gehört hatte, und später erinnerte sie sich nur mehr, dass es so anfing: „Sag nie, das gibt es nicht, denn alles kann geschehen …" Fey schlief mitten im Lied ein, und am nächsten Morgen hatte sie sogar die Melodie schon vergessen. Als sie mit ihrem Vater beim Frühstück saß, sah er plötzlich zum Fenster hin und sagte: „Nein, das gibt es nicht! Da sitzt ja die Schuschila auf der Mauer." Sie standen beide auf und liefen zum Fenster. Fey aber sah ihren Vater streng an und sagte: „Sag nie, das gibt es nicht", und drohte ihm mit dem Finger.